マドンナメイト文庫

なまいきプリンセス 姪っ子とのトキメキ同居生活

綿引 海

目次
contents

なまいきプリンセス 姪っ子とのトキメキ同居生活

プロローグ

（うぅっ、まさか二年でこんな大人の雰囲気に変わるなんて）

すー、すーという寝息が、新品のソファベッドに乗ったタオルケットの中から漏れてくる。少女の吐息が、殺風景なワンルームを満たしていく。

シロップをかけたレモンみたいに、甘酸っぱい空気に包まれて歩樹《あゆき》は自分の家なのに緊張してしまう。

（麻莉《まり》ちゃん……くぅっ、なんてかわいいんだ）

ただの子供だと思っていた姪は、二年会わないあいだに、すっかり成長していた。

近所では評判の美少女で、小動物みたいにちょこまか走りまわる、男の子みたいなショートカットで真っ黒に日焼けしていた四年生が、六年生になった今では髪を伸ばして、長いまつげの目をしばたたかせて叔父の歩樹を見つめてくるのだ。

今の麻莉のかわいらしさは、子供から女になりつつある時期の、ごく一瞬の輝きだ。森を飛びまわる成虫の蝶の美しさではなく、サナギから羽化したばかりで、まだ飛翔できない、薄くて透明な羽根だけが持つ刹那の魅力だ。

二年という時間で、麻莉は歩樹やまわりの大人とは違う時間軸で育っていた。大きな瞳や広めの額が印象的な、いかにも頭の回転が速そうな顔に、母譲りのすっと通った鼻すじが大人びている。

特に記憶に残るのは、ぷりっと軽いアヒル口になった上唇だ。早熟な少女の、あたしを大人扱いしてよと言いたげな、性的な魅力を持った桃色の粘膜が大人の男たちをどぎまぎさせる。

顔だけではない。なにより変わったのは体形だ。

ぷっくりお腹に頭でっかちで、たくさん牛乳を飲んでも身長がクラスでいちばん低いと悩んでいた麻莉は、二年前から体操クラブに通いはじめた成果か、背が高くなり、手足がすらりと伸びていた。

仲のよい「アユ兄」の部屋だからと、滞在初日の今日は白いタンクトップに黒デニムのショートパンツ姿でやってきた。

大きなリュックサックのストラップに挟まれた、小皿を伏せたような思春期乳房のかたちを容易に想像できて、歩樹は自分が恥ずかしくなってしまった。

（落ち着け。ただの子供だ。姉さんの家でお風呂に何度も入ったし、赤ん坊の頃はおむつの交換だって手伝った麻莉ちゃんだぞ）

自分に言い聞かせても、深夜のワンルームに沁みる寝息が気になって仕方ない。

シングルベッドに寝ている歩樹は、勃起していた。

（ううっ、僕はロリコンじゃないのにっ）

大学二年生だし、半年前まで同じ歳の恋人もいた。小学生に惹かれた経験はない。

それなのに、パジャマがわりのハーフパンツの内側は先走りでねとねとだ。

突然、麻莉の寝息が止まった。

姉が娘の同居用にと運んできた洒落たソファベッドから、細身の影が起きあがる。

真っ暗な部屋は怖いと麻莉に言われて、ユニットバスの電気は点《つ》けっぱなしだ。

「んん……」

タオルケットから顔を出した麻莉は、あたりを見まわしてきょとんとしている。

叔父との同居一日目だ。一瞬、自分がどこにいるのかわかっていない様子だ。

歩樹は布団をかぶって寝たふりをしていると、ソファベッドから降りる小さな裸足が白く光った。

続いて頼りないほど細いふくらはぎ、そしてまるっこい膝、まだ女性らしいまるみを持たない太ももが現れる。

(えっ、パジャマを着ていたはずなのに)

どうやら熱帯夜に負けて、パジャマのズボンを脱ぎ捨ててしまったらしい。

(くううっ、子供パンツ……っ)

暗い部屋で光ったのは、お腹まで隠れた白いジュニア下着だ。

お臍のすぐ下に、赤い蝶結びリボンの飾りがついている。

セクシーさなどかけらもない子供下着なのに、大人になりはじめた六年生の身体にはアンバランスで、かえっていやらしい。

上半身は半袖のストライプパジャマ、下半身は子供パンツだけの姿で、麻莉はユニットバスに向かう。そして、ベッドに寝ている歩樹をちらりと見た。

(ああ、トイレか……おっ)

小さな衣擦《きぬず》れに続いて、便座を下ろす音。

一人暮らしで気づかなかったが、樹脂の折れ戸に防音効果など皆無なのだ。

ちい……。

歩樹は息を止めてバスルームからの音漏れに集中する。

「くうっ」

歩樹はうめいてしまった。

（あの扉の向こうで……麻莉ちゃんが下半身まる出しでオシッコをしてるっ）

トトトッと尿滴が便器をたたく音すらかわいらしい。

ロリコン趣味などないと信じていたのと同じで、女のトイレ音に興奮などした記憶などなかったのに、姉の一人娘の放尿は理性を失わせるほど刺激的だった。

（麻莉ちゃんのオマ×コ……オシッコの穴……どんなかたちなんだろう）

「うっ、くうう……」

勃起がきつくてたまらない。若竿の位置を直そうとハーフパンツの股間に触れただけで、強烈な快感が湧いてしまった。

（うう、麻莉ちゃんのオシッコを聞きながらオナニーしたいっ）

「はあ……」

トイレの中から、子供から大人になりかけの十二歳少女のため息が聞こえた。

ぴち……ぴちゅっ。

垂れる少女尿の、最後の数滴の音を刺激に、ハーフパンツの上から肉茎をさする。

甘美な水音が止まり、トイレットペーパーをカラカラと回転させる音が聞こえた。

(麻莉ちゃんが、小学生オマ×コに飛び散ったオシッコを拭く音だ)
音だけでは物足りない。
(ああ、麻莉ちゃんのオシッコの匂いも、色も……全部知りたい)
異常な欲求が湧いてくる。
カチャリとユニットバスの折れ戸が開く。
歩樹は自分のベッドで布団をかぶり、寝たふりを続ける。
小さな足音が聞こえた。
「……はあっ」
いきなり布団をめくられた。
驚いて身体を固くした歩樹のわきに、小さくて温かなものが滑りこんできた。
(う……うわっ、麻莉ちゃんっ)
トイレを使って安心したのか、寝ぼけてベッドを間違えたようだ。
ベッドが違うと指摘する余裕などなかった。
「……うーん」
麻莉は伸びをすると、歩樹の胸に背中を預けて、すぐに寝入ってしまう。
すー、すーという寝息が男の部屋で異質に聞こえる。

（くっ、なんていい匂いなんだ）

身長差があるから、歩樹のあごの下に麻莉の小さな頭がある。

昼間はポニーテールだが、寝るときは垂らしたままの黒髪が歩樹の腕をくすぐる。

大人の女の化粧品やシャンプーの人工的香料とは違う。

お日様に照らされて乾燥した干し草のような頭皮の匂いと、一面に咲いたクローバー畑みたいに涼やかな髪の匂いが、歩樹の鼻腔《びこう》を直撃する。

麻莉が、さらに身体を寄せてきた。

大人よりもずっと体温が高くて、肌の放つ湿気に富んでいる。

「く……くうっ」

ハーフパンツをふくらませ、先走りが染み出した勃起肉が麻莉の背中に圧迫された。

蠱惑《こわく》的な少女の匂いに包まれて、歩樹の牡肉は爆発寸前だ。

ぴったりと姪が背中を押しつけてくるから、手で男根をいじるのも無理だ。

ロリータボディの無邪気な生殺しだ。

（落ち着くんだ。もし麻莉ちゃんが起きて、僕がやってることに気づかれたら……）

麻莉の母であり、歩樹の姉の英里《えり》に伝われば、身の破滅だ。

十五歳も年上の長姉は、忙しかった両親にかわる、次姉や末っ子の歩樹の幼い頃からの保護者だった。

夫と興《おこ》した、世界中の民族楽器を輸入する会社は成功し、今、歩樹が住んでいるアパートも、姉が投資用に一棟買いした建物なのだ。

夫婦が二週間、海外買い付けで出かけるあいだ、娘がなついている弟を信用して預けてくれたというのに、その信頼を裏切るわけにはいかない。

(だめだ。麻莉ちゃんにエッチな気持ちなんか持っちゃいけないんだ)

命じても肉茎は鎮《しず》まらない。少女のコットンパジャマを先走りで汚してしまう。

「ん……はあん……」

硬直した若叔父に細身の身体を預けたまま、なにも知らない天使が寝言を漏らした。

「うーん、アユ兄……」

幼い頃からのあだ名をソプラノで呼ばれて、歩樹の頭はオーバーヒート寸前だ。

両親と暮らしていた家の子供部屋とは寝心地がまるで違うのだろう。麻莉が身体をくねらせた。

「……うっ」

ハーフパンツの裾から出た男の膝を、小さな足がうしろ向きに踏んだ。

土踏まずがやわらかくて頼りない。成長期の足の指が歩樹の脚を軽く蹴る。

しっとりと汗で濡れた、性器みたいにいやらしい少女のパーツがからむ。

「あ……ううっ」

限界だった。

にじっ、にじっ……とぷっ。

麻莉の背中に押されたまま、若肉が暴発した。

布団の中に、青くさい新鮮な精液の臭《にお》いがひろがってしまった。

第一章　甘美な命令

1

「わあっ、アユ兄って料理が得意なんだね」

小さな丸テーブルに向かい、質素なスツールに座った麻莉が歓声をあげた。

「すごい。かっこいいサラダだ」

木製のボウルに山盛りになった色とりどりの野菜に目をまるくしている。

「たいしたことないよ。ドレッシングだってスーパーのだし」

歩樹が暮らす郊外はまだまだ近所に農家が多く、男子大学生が食費を切りつめようとすれば、直売所や無人販売所で買う規格外野菜を使うのが楽なのだ。

「黄色いニンジンだ。かわいい」

ウサギみたいに前歯で細身の根菜をかじる表情はあどけない。

若い叔父と二週間暮らすのはキャンプ気分らしい。どんなものにも目を輝かせる。

(子供なのに野菜好きなんて珍しいな)

レタスをパリパリと頬張る姿はただの子供だ。

「アユ兄は、いっしょに食べないの?」

「どこかのお姫様が寝坊してるあいだに食べちゃったよ」

髪をイエローのリボンでポニーテールにまとめた麻莉は、黒と白のシンプルな縦じまパジャマの上下を着たままだ。

「もーっ、起こしてくれればいいのに」

ぷうっと頬をふくらませると、ますます子供のウサギみたいだ。

男に媚びたり、視線を集めるのが快感になったりはしない時期だけの表情だ。つぶらな瞳がきらきら光っている。小学生だから整えていない眉が健康的に上下して、感情を伝えてくれる。

麻莉の夏休みははじまったばかりだ。一泊目は緊張するだろうと、麻莉をベッドで寝かせるままにしていたのだ。

「アユ兄といっしょのお布団で……同時に起きたかったのに」

すねた口調にドキリとする。

「いっしょにって、おまえが夜中に寝ぼけて僕のベッドに入ってきたんじゃないか」

「寝ぼけてないよ。くっつきたかったの」

歩樹を見あげた姪は肉体関係を結んだ大人の男女みたいにため息を漏らす。

「アユ兄と寝るの、好きだもん」

（こいつ……まさか、僕が興奮するのを予想して僕のベッドに……いや、ばかな）

十二歳なのに、麻莉は大人びた雰囲気になる瞬間がある。

（まわりに男なんてパパさんと先生だけだ。男の性欲なんて知るはずがない）

歩樹は薄切りにしたクルミ入りのパンにチーズを乗せ、ピーマンとミニトマトのスライスを加えてトースターに入れた。

子供にありがちで、ピーマンやトマトが嫌いなのだと、二週間の同居を申しこまれたときに姉から聞いていた。

ピザ風にしてやれば食べるのではないかと工夫したのだ。

トースターに集中する演技で麻莉に背を向ける。

昨晩目撃した、すらりと伸びて健康的な十二歳の脚を思い出す。

今はパジャマのズボンで隠れているが、その中にあるすべすべのふくらはぎや、しっとりと汗ばんだ足の裏の感触は歩樹の記憶に刻まれていた。

麻莉を背中から抱くかたちで勃起したまま、朝までほとんど眠れなかった。

（マズい。ムラムラが止まらない。今すぐにヌキたいくらいなのに）

恋人と別れて半年になる二十歳の青年にとって、日に複数回の射精は当たり前だ。

（しまったな。麻莉ちゃんが同居するかぎりオナニーもできないのか）

当たり前のことだが、あまりに事態が急展開でそこまで考えが及ばなかった。

姉の英里から電話があり、娘を二週間預かってほしいと頼まれたのは四日前のことなのだ。

断ろうとすると「どうせ大学は夏休みでしょう」「言いたくはないけれど……アパートをほとんどタダで貸してるのは、こういう非常時のためなんだから」と強圧的な長姉に押しきられたのだ。

二年前に見た麻莉はスポーツ大好きなチビで、自分のうしろをちょこちょこついてくる素直な性格だったから、いっしょでも苦労はないだろうと思いこんでいた。

（二年でこんなに育つなんて……）

子供どころか、女のエッセンスまで漂わせるようになっていた。

「……アユ兄、あのさ」

ワンルームの奥から、甘えるような声が聞こえた。

「なんだよ。もうすぐピザっぽいトーストが行くよ」

パンに乗せたチーズがぷくぷくとふくれるのがトースターの窓越しに見えた。

「昨日の夜、お布団の中で、ごそごそしてたでしょ」

「……えっ」

唐突な質問に狼狽《ろうばい》してしまった。

「あたしの背中で、なんかしてたよね？」

尋問みたいに畳みかけてくる。

(落ち着け。相手は小学生だ。勃起どころかチ×ポのかたちだって知らないはずだ)

深呼吸して振り返る。

まるいテーブルに肘をつき、あごを両手で支えた姪が、歩樹をじっと見つめていた。

「そりゃ……あの狭いベッドで、急に麻莉が入ってきたからびっくりしたんだ。二人並んで寝られるように工夫したんだよ」

とっさに思いついた言い訳を、焼きあがったピザトーストといっしょに持っていく。

「そうだったんだ。ありがと」

麻莉は屈託のない笑顔を返してくれた。歩樹は安心する。

クルミ入りのパンは近所のベーカリーの名物だ。

「わっ、なにこれ。おいしい。チーズにハチミツがかかってる」

「チーズと合うだろ。本当はブルーチーズがいちばんだけどね」

田舎の大学に通う貧乏学生はアルバイトが必須。歩樹は駅前のイタリアンレストランで働いたときに料理を覚えたのだ。

「ママの料理とぜんぜん違う。みんな、おいしいよ」

「ピーマンやトマトが嫌いだって聞いたぞ」

姉夫婦はどちらも仕事人間だが、娘の食事をおろそかにするタイプではない。

「うーん……ママが作ると、大麦がどうしたとか、ビタミンのバランスが……とかで、なんだか不思議な味のものが多いから」

「ああ……わかるな。姉さんは昔からそうだ」

歩樹は思い出した。姉はなにごとにも完璧主義者で、食事を楽しむというよりは一日三十品目、味よりも栄養素を重視するストイックなタイプだ。

「朝からチーズやドレッシングたっぷりのサラダは出てこないの。生の草の味だけ」

「生の草か。それはつらいなあ」

歩樹が同意すると、麻莉がけらけら笑った。

ポニーテールが犬の尻尾《しっぽ》みたいに揺れて、うれしそうに笑った口から、とろけたチーズが糸を引く。

まるでAVにある口内射精のシーンみたいで、ドキリとしてしまった。

（いかん。完全に欲求不満じゃないか）

食事が終わって、ゆったりした時間が流れる。

「そうだ。おトイレの質問があるの」

歩樹は再びドキリとする。

小水の音どころか、ペーパーを引き出す音にすら興奮してしまった記憶が蘇る。

「あの……この家のトイレって、どうやったらお湯が出るの？」

「えっ……ああ、洗うやつか」

姉の英里が投資用に買ったワンルームに、温水洗浄機能などついていない。

歩樹がそれを伝えると、麻莉はえーっ、と心からいやそうな顔になる。

「だって……洗わないと、やだ」

「そう言われても……」

姉の家は豪華なベイサイドのマンションだし、麻莉が通う私立の女子学園や、名門の体操クラブも、すべてトイレには洗浄機能がついているのだろう。

ホームセンターでも洗浄機能のついた便座は売っているが、姉夫婦の所有物件とはいえ勝手に交換などできない。しかも、貧乏学生の歩樹には高額だ。

(弱ったな。姉さんに相談したいけど、海外で仕事中に邪魔しちゃ悪いな)

すると、麻莉は急に立ちあがった。

「あの……シャワーを浴びてもいい？」

赤面しながら歩樹に尋ねる。

トイレに入ったあとは、幼い排泄器まわりを洗わないと気がすまないようだ。

昨夜から、ずっと気になっていたのだろう。

「あ、ああ。いいよ」

歩樹が許可すると、麻莉はほっとしたようにやわらかな笑顔に戻った。

「ありがと。アユ兄、大好き」

その「大好き」はわがままを聞いてくれる若叔父への好意、英語のＬＩＫＥの意味だ。けれど歩樹は軽く流すことができずに、言葉につまってしまった。

2

ユニットバスの向こうから、シャワーの音が聞こえる。

(この向こうで麻莉が、裸になって、あそこにシャワーを当ててるんだ)

ただの水音なのに、その破壊力は強大だった。

(もうおっぱいはふくらみかけてた。あそこの毛はまだかな。生理はあるのか……)

第二次性徴期の真っただ中の身体は神秘のかたまりだ。

足音を立てずに、オレンジ色の照明が透ける半透明の折れ戸に近づく。

ワンルームだから脱衣所などない。薄い樹脂の向こうはいきなり浴室だ。

(ああ……やっぱりカーテンを引いているのか)

十二歳の裸体のシルエットくらい見えないかと思ったが、バスタブのビニールカーテンが引かれていた。

歩樹は残念に思うと同時に、自分を恥じた。

(姪のシャワーをのぞくなんて、だめだっ)

引き返えそうとしたとき、床に置いた脱衣かごが目に入った。

（これは……昨日の、パンツっ）

パジャマから順に脱いで、簡単に畳んだのだ。いちばん上に乗っているのは、小さな赤いリボンがワンポイントのショーツだった。

白のコットンで、お腹まで温められる女児用下着だ。

（ずっと、麻莉ちゃんのオマ×コを守っていた布……）

理性のブレーキよりも早く、性欲で手が伸びた。

（まだ、温かい……）

脱ぎたてのショーツは成人よりも高い、十二歳の体温の名残があった。

「く……ぅ」

わざわざ嗅ぐまでもなく、濃厚な少女の匂いが染みていた。

昨日、ベッドの中で嗅いだ干し草のような頭皮の匂いとは違う。

サワークリームみたいに甘酸っぱくて、けれど爽やかだ。

綾織りされた生地の毛羽立ち具合からすると、長年愛用してきた下着らしい。白かった生地も全体的にグレーになって、ウエストのゴムもゆるくなっている。少女が過ごしてきた時間が刻まれている。

「うう……麻莉ちゃんっ」

バスルームの水音を聞きながら、歩樹は震える手で、薄布をひっくり返した。

「ああ……」

感嘆の声が漏れてしまった。

女児ショーツのクロッチには、秘密のエッセンスがにちゃりと染みていた。

薄黄色にひろがった天然染料と、その中心には新鮮な白濁ヨーグルトが残っている。

つんとする少女の香りが歩樹の脳を痺れさせた。

「か……はああっ、麻莉ちゃんっ」

左手でショーツをつかんだまま、右手でスウェットパンツごと下着を脱ぐ。

びんっと勃《た》った若肉は、昨日からずっとおあずけを食らっていたのだ。

クロッチに染みた濃厚な香りを嗅いだ時点で先走りの露がにじんでいた。

シャワーの音はまだ大きい。タオルはバスルームの中に用意してあるから、シャワー音が消えてから数分は麻莉も出てこないはずだ。

歩樹は下半身をまる出しにしたまま、フローリングの床に膝立ちになる。

ショーツをひろげぎみにして、クロッチを顔に押しつけた。

視界はコットンの白一色だ。

「く……あううっ」

強烈な少女のアロマを鼻から思いきり吸いこむ。

半年前に別れた同じ歳の恋人とはまるで違った。半熟の柑橘の酸っぱさと、まだ香料やボディソープで削り落とされていない、新陳代謝の匂いだ。

鼻をクロッチの舟形の染みに当てると同時に、舌を出した。

「んく……うぅぅ」

舌が当たるのはクロッチの後方だ。麻莉が最も秘密にしたい、恥ずかしいお尻の穴が触れている部分。ちりっとした苦みが残っているような気がする。

弓なりに反った肉茎をしごくと、ちゅくっ、じゅくっと濁った水音が漏れた。

すでに射精したかのように肉茎が濡れている。

軽くしごくだけで、どぷっと透明な滴が穂先からあふれ、手を濡らした。

(ひとコキするだけで、こんなに気持ちいいなんて……っ)

姪の使用済みショーツに興奮するなど想像したこともなかった。

顔を拭くみたいに下着の裏を顔に押しつける。

視覚も嗅覚も味覚も、すべて十二歳の幼裂に支配されている。

「あうぅ……麻莉、麻莉ちゃんっ、はうう」

漏らした声が、不自然に響いた。

目の前に、今までとは違う熱気があった。

「なあに？」

麻莉の声が、若叔父の頭に刺さった。

「……ひいいっ」

手にしたショーツを投げて、下半身まる出しのまま、うしろにひっくり返ってしまった。

「アユ兄……最低だね」

目の前には、ガラス工芸みたいに白くて艶やかなふくらはぎから続く、きゅっと細くて折れてしまいそうな足首があり、小さな足が内向きで床を踏む。

大人に比べると爪が小さな指が並んだつま先が、きゅっとまるまっていた。

「ねえ、どんな顔をしてるの？」

身体に大判のバスタオルをきつく巻いた少女に見下ろされる。

鎖骨の窪みには水滴が残っていた。シャワーの途中で若叔父の怪しい行動に気づき、様子を窺っていたのだ。

「ああ……」

歩樹は負け犬の視線で麻莉を見あげる。

「アユ兄の……ヘンタイ」

(もう、おしまいだ……)

小学生に発情したうえ、相手は血縁のある姪なのだ。

(きっと姉さんからも……一生、縁を切られて……)

もう逃げ場はない。

頭がぐらぐらと揺れる。

「アユ兄……続けて」

静かに宣告を下した麻莉の顔は、勝ち誇ったかのように輝いていた。

「えっ……」

少女の表情に怒りや軽蔑はなかった。

若叔父の心を見透かすように、黒目がちの瞳がまっすぐに注がれる。

歩樹は尻もちをついて股間を片手で隠した情けない姿をさらしたまま動けない。

「アユ兄のチ×チンって、そんなかたちなんだ」

麻莉に見つかるまで、破裂しそうに怒張していた肉茎はしなびている。

「さっきみたいに……チ×チンを大きくしてよ」

歩樹には麻莉の言葉が信じられない。

女子ばかりの私立小学校に通う姪が、男性器の俗称を口にするはずがない。

「ね、アユ兄……」

直立していた麻莉が、ゆっくりと上体を倒してきた。

女性らしい抑揚はできていないが、腋の下までタオルを巻いた姿でも、胸に成長のきざしがあるのはわかる。

(あの中に麻莉の半熟おっぱいがあるんだ……)

最悪の場面だというのに、うなだれていた性器がむくりと反応してしまった。

「ママにはナイショにしてあげる。かわりに……」

脚を開いた情けない姿で座る若叔父の前に、可憐な姪がしゃがんだ。

タオルの裾が持ちあがり、健康的に締まった太ももが半ばまであらわになった。

「オナニー、続けて。クチュクチュするの、見てあげる」

声が震えていた。頰が赤い。ローズ色の唇が濡れている。

麻莉も興奮しているのだ。

(麻莉の前で……オナニーするなんて)

歩樹は呼吸も忘れた。

罰というにはあまりにも甘美な命令だった。

びくっ、びくっと肉茎が反応し、重たい亀頭を持ちあげる。

「どこで、そんなエッチな言葉を……」

緊張のあまり、間の抜けた質問を返してしまう。

「言葉だけじゃないよ。あたし、男の子のオナニー、見たことがあるもの」

「えっ」

純粋培養の、女子校六年生の衝撃的な告白だった。

「体操クラブで、あたしと友だちの着がえをのぞいた中一の男の子を捕まえて、二人で脅かしたら見せてくれたの」

早熟な小学生二人の前で自慰披露とは、男子のトラウマになりそうだ。

「半泣きでしてたから、おチ×チンは縮んだままだったし……射精っていうの？　最後まではできなかったけど」

体操クラブのロッカールームで、少女二人から好奇の視線を浴びせられながら情けない手しごきを続ける姿を想像すると、歩樹の興奮も高まる。

(僕にマゾっ気はないのに。チ×ポを見られると思うと、興奮が止まらないっ)

麻莉に自慰を命じられた少年をうらやましいとさえ思ってしまう。

「……その男の子を結局どうしたんだ」

「あたしは許してあげようと思ったのに、いっしょにのぞかれた子……奈緒実《なおみ》ちゃんって子が、オシッコをしなさいって命令して、その場でお漏らしさせたんだよ」

「く……ううっ」

女子小学生二人の前で、中学生が半泣きで放尿する倒錯的な場面を想像する。

「ふふ。今のアユ兄なら……ちゃんと射精までできるよね？」

興奮に目を潤ませながら、麻莉が視線を下げる。

肉茎は旗竿のように天を向いて屹立していた。

「う……ううっ」

恥ずかしさに両手で勃起を隠すより早く、麻莉が歩樹の手を軽くキックした。

「アユ兄の精液、見てみたい」

楽しげな玩具を見つけた、いたずら好きの子猫みたいにきらきらと目を輝かせる。

麻莉の命令を拒否することなど、もう歩樹にはできなかった。

3

「ああ、麻莉……顔が近いよっ」

全裸でフローリングの床に尻をついて大股開きという、情けない姿を命じられた。AV女優やエロ漫画のヒロインが同じポーズをしていれば大興奮だが、男子大学生にとっては屈辱でしかない。

開いた脚のあいだに、ベージュのバスタオルを巻いただけの麻莉が伏せている。

興奮で汗ばんで光るとがった鼻から、若叔父の勃起まではわずか二十センチほどだ。

「あーっ、アユ兄のチ×チンから、男子の匂いがする……やらしいっ」

体温の上昇に合わせて生乾きになった先走りの汁が放つ動物的な臭いまで嗅がれている。恥ずかしいのに、勃起は鎮まらない。

「体操クラブで見た、中学生の男子とはぜんぜん違うね。あっちは小さくて毛がちょっとだけで、先っぽはアサガオのつぼみみたいに、くしゃくしゃだったのに」

女子小学生二人に自慰を強制されたのぞき少年は、きっと緊張と羞恥で包茎ペニスを勃起させることすらできなかったのだろう。

「アユ兄のチ×チンは、うう……すっごく毛がたくさん。それに先っぽがつるつるしてて……姫リンゴみたい。手を離しても、ずっと上を向いてるんだね」

ぎちぎちの勃起に吐息がかかる。

美人だと評判の、ジュニアモデルみたいな姪の視線が、最高の刺激だ。

「小学生の姪っ子にチ×チン見られて……ドキドキしてる?」

「う……くううっ」

とろり。

先走りが穂先からあふれた。麻莉の言葉を否定することすらできない。

自分でも気づかなかった性癖を麻莉から掘り起こされてしまった。

「そうだ。これ……アユ兄の大好物でしょ?」

差し出されたのは、自慰を見つかって投げ捨てた、姪の使用済みショーツだ。

「でも、さっきみたいに嗅いだり、舐めたりしたら怒るからね」

顔を真っ赤にしながらも、白い木綿の女児下着を引っこめはしない。

隠しておきたい幼裂の匂いや味を知られたのは恥ずかしいが、自分の下着で男が高ぶる姿には興奮するらしい。少女の心は複雑だ。

「……もうアユ兄に汚されたパンツだから……これでクチュクチュして」

麻莉は素敵ないたずらを思いついたという様子で、あやとりをするみたいにショーツを両手でひろげると、しっとりと少女蜜で汚れたクロッチを勃起肉にかぶせたのだ。

ひんやりしたガーゼ状の裏地が敏感な亀頭を包む。

(ああっ、麻莉のオマ×コに当たってた場所が、僕のチ×ポに……)

小学生の姪との間接セックスだと気づいた瞬間に、びくんと肉茎が跳ねた。弓なりに育ち、血管を浮かせた牡幹の根元で、きゅっと陰嚢が収縮する。

(麻莉のパンティ……すごくやわらかくてぬるぬるで、気持ちいいっ)

コットンのフードで覆われた男性器が歓喜の勃起ダンスを踊る。

歩樹には先ほどの麻莉の言葉に違和感があった。

「男が一人エッチをするときは、クチュクチュなんて音はしないけど……もしかして、麻莉が一人でするときの音なのか」

「……っ。知らないっ、ばかっ」

顔を真っ赤にしてそっぽを向くのが正解を意味していた。

(麻莉もオナニーを知ってるんだ……)

普段は無邪気な子鹿みたいにかわいらしい姪が、独り寝のベッドで指を幼裂に沈ませている姿を妄想する。

「もうっ、アユ兄ってほんとにヘンタイなんだから」

ベージュのバスタオルにくるまれた、ほんのわずかな胸の隆起の頂点がちょん、ちょんととがっているような気がする。

歩樹の視線を遮るように胸を隠して座る。その正面に、がちがちの勃起肉がある。

「じゃあ……続けて。見たいの……オナニー」

麻莉の言葉は絶対だ。

わがままな姫君に命じられた奴隷のように、歩樹は全身を羞恥に震わせながらも勃起した性器を女児ショーツごとぎゅっと握った。

大量の先走りでねっとりと粘っている。

「ほ……おおっ」

湿ったコットンで亀頭を擦《こす》るのは、とんでもなく気持ちよかった。

「あううっ、麻莉のパンツ、すごい……っ」

さんざん使い慣れた自分の手なのに、思わずうめいてしまうほどの性感に戸惑う。

「あーん。アユ兄のエッチな声……」

別れた恋人にはじめてフェラチオをされたときの感激にも似ている。高揚感が肉体の快楽を何倍にも増しているのだ。

ちゅくぅ、ちゅぷっ。

さっき自分で、男のオナニーでは水音などしないと言ったのに、大量の先走りがクロッチで泡立って、淫らな音を立てている。

「く……ああっ、麻莉……麻莉ちゃんっ」

いつもは呼び捨てなのに、心の中で使っていたちゃん付けをしてしまう。

「アユ兄のチ×チン、すごい。おっきぃ……体操クラブでオナニーさせた男の子の何倍も太くて……かっこいい、かっこいい」

という性器の褒め言葉に違和感はあるが、歩樹にとっては麻莉の視線を浴びているだけで加速度的に興奮が増す。

(赤ちゃんの頃から知ってる麻莉ちゃんの前でセンズリしてる。めちゃくちゃに恥ずかしくて、情けないのに……止まらないっ)

くちゅっ、ちゅぷぅ。

穂先にかぶせられたクロッチが男の滴を吸い、ショーツの表側にまで染みてきた。

「やらしい……とろとろだね」

麻莉の顔が手淫ショーの最前列にどんどん近づいてくる。

もう彼女の鼻腔は大人の男性器が放つ性臭で満たされているだろう。

「くう……麻莉ちゃんに見られてる。近すぎて……あううぅっ」

「あーん、袋になってるとこもぷるぷるしてるぅ……」

目をとろんとさせた六年生の、はあ、はあという湿った吐息が歩樹の陰毛をくすぐり、陰嚢を温めるのもたまらない。

女児ショーツを濡らしての手しごきで、快感のグラフが右肩あがりになっていく。

限界が近い。

フローリングの床に密着した歩樹の脚が汗ばんでキュッと鳴る。

「だめだ……麻莉、イキそうだよっ」

「えっ、なに」

射精宣言を聞いても、麻莉は肉茎を凝視したままだった。

イクという言葉が絶頂を意味するとは知らないのだ。

歩樹の切羽つまった様子にもひるまず、間近で見学しようと顔を寄せてくる。

もう肉茎と少女の顔のあいだは十センチしかない。

肉茎の根元がぶるぶると震えて熱い。大量射精の予感がする。

ショーツごと握っているとはいえ、すき間から精液が漏れてしまいそうだ。

「このままじゃ、恥ずかしい……はううぅ」

だが、手コキのペースを落とすこともできない。性感が歩樹を支配しているのだ。

「だ、だめだ。出る……イクっ」

どぷ……どぷりっ。

「麻莉……ちゃん、麻莉ちゃんっ」

小学生の姪の名を連呼しながら、どぷっ、どぷぅと噴き出していく。

背中を走る射精の快感は、まるで甘美な落雷だ。

「か……はああっ、出てる……まだ出るっ」

濃厚な白濁液といっしょに、下半身の体温が放出されていくような感覚に襲われる。

「ひゃんっ、イクって……ああ、出ちゃうことなのっ？　はあっ、アユ兄、もっとイクを見せて。たくさんイクになって……」

女児用ショーツでは受け止めきれない精液が、脚を通す穴からだらだらと漏れ、歩樹の指や、びくびくと震える肉茎を伝って床を汚す。

「あーん、すごい。これが精液なの……っ」

麻莉の眼前に、どろどろの牡シロップが飛び散っていく。

「はあ……こんなにたくさんだなんて……うぅ」

少女が想像していたよりも、はるかに射精の量が多かったようだ。

狭いワンルームに、青草のような放ちたての精液の臭いが充満する。

最後の一滴までしごき出すと、歩樹の身体は急速に冷えてくる。

射精直後の、心も身体も理性を取り戻す、空白の数分間だ。

「あうう……麻莉の前でオナっちゃうなんて……うぅ」

後悔が一気に押し寄せてきた。

十二歳の姪の前で射精を見せつけるなど、二十歳の大人として許されないことだ。

(それに……きっと麻莉ちゃんもトラウマになって)

歩樹はそっと麻莉の様子を窺った。

「んふ……エッチだよぉ……あーん、びっくりしちゃった……」

予想に反して、麻莉はうれしそうだった。

いや、うれしいというよりも、高ぶっているように見える。

瞳を潤ませて小さな手を伸ばすと、ゆっくりと力を失いつつある男性器にかぶせた、自分の女児用ショーツを引っ張った。

にちゃぁ……っ。

大量の精液を受け止めて、小さなコットンショーツはぐちょぐちょに汚れていた。

「うふ……パンツが妊娠しちゃうね」

精子が女性の陰裂に送りこまれると子供ができる、という知識はあるらしい。

「くう……汚いから、捨てて」

歩樹が下着を受け取ろうとすると首を横に振った。その細い首は汗ばんできらきらと光っている。

幼い汗は、カラメルみたいに甘い匂いがした。

麻莉は自分の下着をボール状にまるめて、ぎゅっと両手で握った。

「熱い……ぬるぬるしてる」

手のひらで精液の感触を楽しんでいる。

「うふ……これがアユ兄のチ×チンからぴゅって出たんだ……不思議」

にちゃっ、ちゅちっ。

まるめたショーツを何度も握ると、小さな手にも精液がからみつく。

「エッチな匂い。でも……なんだか、うっとりしちゃう」

すん、すんと鼻を鳴らして男の体液を何度も嗅いでいる。

（くうっ、麻莉ちゃん……そんなエッチな顔を見せつけられたら……っ）

射精直後の賢者タイムで落ち着くはずなのに、歩樹の欲求はくすぶりはじめる。

「あたし、絶対忘れないから……」

手を精液パンツで汚した麻莉が、歩樹の顔を見あげた。

「最初に、あたしの前で……イクのを見せてくれたのがアユ兄だってこと」

人さし指の尖端を覆った白濁液を小さな唇に運ぶと、ちゅっと音を立てて吸った。

「やあん……苦い。でも……これがアユ兄のイクときの味なんだね……」

うっとりした表情で、麻莉は自分の人さし指を舐めつづけた。

(うう……フェラチオしてるみたいな顔だ)

歩樹もまた、自分の精液で唇を光らせ、眉をひそめる姪の表情を、一生忘れないだろう。困ったように目をしばたたかせていた。

姪と叔父が、共犯者になった瞬間だった。

4

歩樹は太ももから下腹の茂みまで飛び散った精の残滓《ざんし》をシャワーで洗い流した。

姪の前で女児下着を使った情けないオナニーをしてしまった。

潔癖症なわけではない。

射精後に我に返ると、恥ずかしさで、麻莉の前から逃げたかったのだ。

(同居初日からエッチな展開になるなんて……)

身体をタオルで拭きながらユニットバスを出る。

「もう。アユ兄ったら、遅い」

ワンルームの二人暮らしで麻莉のベッド用にと姉が送ってきた上品なソファベッド

に、屈託のない笑顔が待っていた。

イエローのリボンで長い髪をまとめたポニーテールで、くりっとした目と濃いめの眉。幼いあごのラインに飾られた唇が、すねたようにとがる。

「今日、夏休みのセールがあるの。アユ兄、案内して」

バスで二十分ほど先にある、今年できたばかりのショッピングモールに行きたいと言う。ファッションとグルメのテナントばかりで、歩樹には縁のない場所だ。

麻莉はきちんとプレスの利いた白い半袖ブラウスに、ブルーのミニスカートを穿いていた。膝丈で薄い生地のハイソックスは水色と白のストライプ。アニメやゲームの世界に出てくる「ザ・美少女」という服装だ。

(それなのに、中身は……中一の男子や叔父の僕にオナニーを命じて……)

純真で爽やか、スポーツも好きな女の子という笑顔の裏に、男の射精姿を眺めて興奮するエッチな面があると思うと、少し怖くなる。

「早く服を着ないと……また、エッチなことをさせちゃうんだから」

冗談めかして言うけれど、少女の目がきらりと妖しく光った。

「わかったよ。すぐに用意してくるから。ちょっと見ないで」

麻莉を玄関に行かせると、歩樹は安物のタンスから自分の服を引っ張り出す。

とはいえ麻莉と釣り合うような、きちんとした服はない。膝に穴が開いていないジーンズと、襟の伸びていないTシャツが精いっぱいだ。

(相手は子供なのに。なんで僕が気後れしてるんだ)

中学生くらいまで、心も身体も成長は女子のほうがずっと早い。

歩樹が子供の頃も、同級生の女の子はすべてが大人びていた。歩樹たち男子は、女子から根底ではばかにされていた気がする。

大学生になった今でも、八歳下の姪は頭の回転が速く、歩樹が想像するよりもずっとエロティックな欲求を隠しているように思える。

「バスの時間を調べてたの。あと五分しかないよ」

服を整えて玄関に行くと、麻莉はもう靴を履いてお出かけの準備を終えていた。

昨日、大量の荷物といっしょにやってきたときはスニーカーだったのに、今日は光沢のあるチョコレート色のサンダルだ。つま先に薄桜色の爪が並んでいる。

「セールって……服も靴もウチにたくさん持ってきたじゃないか」

「ママがつめてくれた服、去年の夏物もあるんだよ。サイズが合わないもん」

二階建てのアパートを出て、歩樹は小学生に引っ張られながらバス停に向かう。

初夏の陽射しに照らされて、麻莉の黒髪がきらきら輝く。

半袖のブラウスは純白だから、うっすらと体形がわかる。

ふくらみかけの胸をカバーしているのはタンクトップの裾を短くしたようなブラトップという下着らしい。ブラウスからパステルカラーのシルエットが透けていた。

「やだ。アユ兄のエッチ」

歩樹の視線に気がついた麻莉が、腰に両手の甲を当ててにらむ。

少女から女への脱皮がはじまった身体が、男を惹きつけると自覚しているのだ。

（バスタオル一枚で、僕にオナニーさせたのはどこの誰だよ……）

言い返してやろうとする前にバスがやってきた。

平日の昼間だというのにバスは混んでいた。家族連れや、麻莉と同じ、夏休みの小中学生が多い。

麻莉がつり革につかまると、車内の視線がいっせいにポニーテールで背の高い、ジュニア向けの雑誌モデルみたいな少女に集まった。

ロングシートに座ってバカ話に興じていた男子中学生三人組は、大人用のつり革にぶら下がった麻莉の半袖に視線を向けていっせいに黙った。

細いのにやわらかそうな二の腕や、その奥でうっすらと汗ばんだ無毛の腋の下、あわよくばジュニアブラでものぞけないかと期待しているのだ。

（僕の連れだぞ。エロガキめ）

歩樹にも、バスや電車で女性の腋の汗ジミや透けブラにドキドキした経験がある。

（すごくかわいい犬を連れて散歩している人って、こんな気分なのかもな）

麻莉が注目されると誇らしいような、くすぐったいような気分だ。

しばらくして、目的地のショッピングモールに着いた。

「二人分です」

と言いながら、ＩＣカードをタッチして降りると、うしろで麻莉がくすくす笑う。

「なんだよ」

「小学生は五十円でいいんだよ。アユ兄、ぼーっとしてる」

歩樹ははっとした。成長期の姪が小学生であることを忘れていた。

（麻莉ちゃんが普段はランドセルを背負ってる姿なんて、想像がつかないよ）

ショッピングモールは華やかで、貧乏な男子大学生には場違いな店ばかりだ。

「ママからお金は預かってるから、支払いは僕がするよ」

娘を預かるとき、二人分の生活費だと姉からかなりの金額を渡されていた。

麻莉は首を横に振る。

「ううん。お年玉やお手伝いの貯金から、あたしが買いたいものがあるの」

どうやら行きたい店は決まっているらしい。カバーにピンクのペンギンが描かれた最新のスマートフォンを確認しながら、麻莉はどんどん進んでいく。

（まわりから僕たちははどう見られるんだろう。父娘にしては歳が近いし、兄妹で平日に買い物ってのも珍しいし……）

自分はどう見られたらうれしいのかもわからない。射精まで命じられた秘密の関係なのに、今の麻莉は気にしていない様子だ。

エスカレーターで、女性向けブランドばかりが並ぶフロアに出た。

「終わったら、メッセージするから。お願い。一人でお買い物させて」

ピンク色が目立つショップの前で麻莉が振り返る。

「アユ兄は本屋さんにでも行ってて。男の人なんかいないお店だよ」

麻莉は言い残して、さっと店に入ってしまった。

アーチ状の入口からそっとのぞくと、娘連れの若い母親か、麻莉と同世代の少女の客ばかりだ。どうやら子供向けのファッションブランドらしい。

（確かに……若い男が一人で入ったら通報されそうだな）

店から離れるのはためらわれた。

歩樹はバスの中の少年たちの視線を思い出す。

妖精みたいな少女は無防備な色気を漂わせて、知らない男まで引き寄せてしまう。

(僕が……麻莉を守らないと)

お姫様を守りたい。秘密裏に任命された衛兵になった気分だ。

アーチになった店の入口から少し離れて、歩樹はベンチに座る。

スマホを片手にニュースを見ているふりをしながら、麻莉が戻るのを待つ。

三十分ほどもすぎただろうか。

「おめでとうございますっ」

ジュニアブランドの店の奥から、女性店員の歓声が聞こえてきた。

店の様子を探ろうと歩樹が身を乗り出すと、麻莉がレジにいた。

(なんだ。どうしたんだ)

姪を囲んだショップの店員たちが拍手している。

(なにを買ったんだ?)

店の入口、アーチの外で歩樹が面食らっているのに気づいたように、リボンがついた紙袋を受け取った麻莉が振り返った。

歩樹に微笑むと、並んだ店員たちに深くお辞儀をしてから小走りで出てきた。

「創業一年記念のくじで、特等が当たっちゃった」

うれしそうに紙袋を押しつける。

歩樹が荷物を運ぶのが前提だ。そして歩樹も、当然のように受け取る。もう二人の中で主従は決まっている。

「うふ。あのね……素敵なものなの」

麻莉は謎めいた微笑みを浮かべる。

「すごく楽しみ。ちょっと子供っぽいかもだけど」

ジュニアブランドのショップだから、服や靴だろうか。

「新しい服の写真を撮って、お母さんに送ってもいいかもな」

なにげなく歩樹が言うと、麻莉は真っ赤になった。

「だめっ、アユ兄にだけ見せるの」

「えっ」

思いがけない反応に、歩樹は戸惑う。

「だって……アユ兄のせいなんだから」

麻莉は地面を向いたまま、小声でつぶやいた。

第二章　禁断の初体験

1

歩樹と麻莉はショッピングモールに入っているハンバーガーチェーン店で昼食を済ませた。

姉からはジャンクフードを避けるように厳命されていたが、麻莉に押しきられた。友だちとファストフードの話題になったとき、食べた経験がないのに会話を合わせるのが苦痛なのだという。子供の世界もなかなか大変だ。

バスで家に戻るあいだ、麻莉はずっとはしゃいでいた。

姪が暮らしているのは湾岸地域の高層マンションだ。

田んぼや畑も、旅行先では目にしても、普段の生活圏にはなかったものらしい。

山肌に並んだ太陽光発電のパネルや、大きな工場ですら珍しいようで、ずっと外を眺めては「あれはなに？」「そっちは？」と歩樹に説明を求めた。

（世間知らずの王女様に街を案内するガイドみたいだなあ）

古い映画で見た、ローマを散策して庶民の生活に驚く王女様の姿を思い出した。

映画の主演女優と麻莉は、きりっとした眉と大きな目がどことなく似ている。

家に着いて、歩樹は紅茶を淹《い》れる。自分はストレート、麻莉にはミルク多めだ。

「そのあいだに、着がえてくるね」

麻莉は部屋の隅で買ってきたばかりのジュニアブランドの紙袋を開けている。

さりげなく着がえをのぞこうとするが、麻莉は死角に入ってしまった。

（いけない。今朝から……完全に麻莉ちゃんを女として意識しちゃってる）

自分を律しようとしても、自慰を強制され、射精まで見せてしまったのだ。

二週間の同居生活。秘密の行為がエスカレートする予感に、ジーンズの中で肉茎が騒がしくなる。

（姪っ子なのに、赤ちゃんのときから知ってるのに）

許されないとわかってはいても、欲望は加速するばかりだ。

「アユ兄、着がえ……終わったよ」

部屋の奥から声がした。

ショッピングモールで買ったばかりの服のお披露目だ。

淹れたての紅茶をトレーに乗せて部屋に行く。

「ふふ……どうかな」

麻莉がベッドのわきに立っている。

着ていたのはイエローのワンピースだった。

ポニーテールのリボンと同系の色だ。

襟が大きめで、フロントが四個のボタン留めになっている。袖口に一本、刺繍でラインが入っているのがおしゃれだ。

「かわいいよ……麻莉」

プリーツ入りの裾は膝丈で、すべすべの膝が魅力的だ。

「ふふ。好きになっちゃう？」

麻莉はファッションモデルみたいに、くるりと一回転してみせた。裾がふわりと浮いて、一瞬だけ太ももがあらわになる。

「あれ……でもそのワンピース、前から持ってただろう」

同居をはじめるときに持ってきた大量の服の中で、そのワンピースは特に大事そうに畳まれていたはずだ。

「わあ、覚えてくれてたんだ……うれしい」

歩樹が気づいたのが、意外だったようだ。

(麻莉が着たらきれいだろうなって思ってたからな)

活動的な服が多い中で、このワンピースはフェミニンで華やかな雰囲気だったのだ。

「アユ兄をテストしたの。正解だよ」

麻莉はまるで自分が先生になったみたいに、人さし指を立てた。

「買ったのは……ワンピじゃないの」

麻莉は視線をずらし、緊張した面持ちで、ワンピースの胸のボタンを上から、ぷちっ、ぷちっとはずしていく。

溶けかけのバニラアイスみたいにやわらかくて甘そうな肌が現れた。

歩樹の唇が乾く。

四つのボタンがはずれ、すとんとワンピースが落ちた。

「これを……買ったの」

麻莉が身につけていたのは水色と白の、横じまのブラジャーとショーツだった。

「く……ああっ」

歩樹は持っていたトレーを落としそうになった。丸テーブルまでの数歩さえままならない。その場でしゃがんでティーセットを床に置いた。

「どうかなあ……大人っぽく見える？」

歩樹が立ちあがる前に、下着姿の麻莉が近づいてきた。

「あ……ああ。すごく、お姉さんっぽいよ……」

口が乾いて、まともに話せない。

「買ってよかった。ママが選ぶ下着って、みんなかわいくないんだもの」

身長は百五十センチ近くあるけれど、乳房のふくらみはほんの小皿程度だ。それをやわらかそうな素材のジュニアブラが隠している。

胴のくびれはまだできていない。すとんとしたロリータボディだ。

ショーツのウエストは浅めだ。麻莉に命じられたオナニー披露で使った、白い女児ショーツよりも、ずっと面積が小さい。

水色ボーダーの生地が少女の繊細な肌を飾る。生地が薄いので、

「う……くっ」

立ちあがろうとしてうめく。勃起がジーンズの中で曲げられ、痛みが走ったのだ。

「ねえ……アユ兄、男の人って……女の子の下着より、中身に興味があるんだよね」

姫様に忠誠を誓う騎士《ナイト》のように、膝をついた歩樹の前で麻莉が前かがみになった。

（ああっ、ブラジャーのカップにすき間ができて……おっぱいの裾が見えるっ）

歩樹の目は、小学六年生の背伸び下着に釘づけだ。

「ブラ……はずしても、いいよ」

「うん……」

姪と叔父という血縁、十二歳という年齢、これからも続く二人きりの同居生活——

すべての要素が一線を超えてはいけないと示している。

けれど、歩樹の手は理性ではコントロールできなかった。

震える手を水色ボーダーの下着に伸ばす。

（ああっ、麻莉の体温が熱い）

ブラジャー慣れしていない少女のために、カップのあいだに樹脂のホックがある。

（これがフロントホックのブラジャーってやつか。はじめて見る）

大人の下着には珍しい、危うい年齢の少女の乳房を守るためのアイテムだ。

指をホックにかけた。

「は……ひゃんっ」

前かがみの麻莉が唇を震わせた。

ぷちんっ。

指で樹脂のホックを折ると、あっさりとカップが左右に割れた。

(ううっ、これが麻莉ちゃんの小六おっぱいっ)

神々しいふくらみだった。

「あーん、アユ兄の目が怖い。でも……見られるの、うれしい」

つきたての丸餅みたいにぷにょんと頼りなく、尖端には薄桃色の、ごく小さな乳頭が乗っている。

「くう……とってもきれいだよっ」

乳輪は大人のようにまるくはなく、薄茶色でひし形になっている。麦粒サイズの乳首は男の視線にさらされて恥ずかしそうに縮こまる。

「あん……あのね、最初に触ってもらうのは……アユ兄だって、あたし決めてたの」

麻莉が恥ずかしそうに告白する。

「何年も前から……アユ兄が好き」

「麻莉……うれしいよ」

一途《いちず》な姪からの言葉を受け止める。

「叔父さんだから結婚できないし、あたしはまだ十二歳だけど……絶対に」

ぐっと極薄のロリータ乳房を突き出してくる。

「絶対に、アユ兄のこと、気持ちよくさせるから……」

きらきら光る瞳に魅了される。

「ううう っ」

ズボンの中は暴発寸前だ。

歩樹は肩からブラジャーをやさしく抜くと、少女の乳房に飛びこんだ。

唇で極小乳首を含み、舌先を乳頭に当てる。

大人の女が好むように吸っては強すぎるだろう。

薄い紙を吸うように軽く乳房にキスをしながら、濡らした舌先で小粒を転がす。

「ん……はあっ、おっぱいをチューされてる……アユ兄が赤ちゃんみたい」

麻莉は、んーっと鼻声で、男からの初愛撫を受け止めている。

(ううっ、おっぱいも乳首もすごく小さい。犯罪的だっ)

「んは……くすぐったいのに、アユ兄のお口が、あったかいよぉ」

「ああっ、麻莉ちゃんのおっぱい……おいしいよ。夢みたいだ」

かすかな反応さえ見のがすまいと、歩樹は乳首を吸いながら麻莉の顔を凝視する。

「は……ああん、ペロペロされるの、くすぐったいのに……はあんっ」

右の乳房をぞんぶんに味わったら、左の乳首に唇を移動する。

「は……あんっ、なんか……エッチだよぉ」

甘い悲鳴をあげた麻莉の唇が開く。

磨いた貝殻みたいに真っ白に光る前歯のあいだに、唾液が糸を引いている。

濃淡さまざまなピンク色がグラデーションになった少女の口中が美しい。

「エッチな女の子は……服を着ていたらだめなんだよ」

もう止まらない。

まだ腹筋がついていないから、お臍はふくらみぎみだ。

歩樹はやわらかなお腹をさすり、水色ボーダーのショーツのウエストに指をかけた。

「んく……アユ兄の、エッチ……」

「そうだよ。僕は……麻莉のエッチなところをもっと見たいんだっ」

パンケーキみたいにやわらかくて温かい下腹からショーツをするりと引き下ろす。

少女の秘密エリアが、男の目にさらされる。

(もう……どうなってもいい。麻莉ちゃんが……好きだっ)

雪原みたいに白い恥丘には、一本の体毛もない。

透明水彩の絵の具で描いたみたいな、ごく淡い色の幼裂が刻まれていた。

2

(これが麻莉ちゃんの、オマ×コの谷っ)

神秘的な亀裂が、目の前にある。

小学六年生の未踏のクレバスだ。

細い筆で薄墨をさっと引いたみたいな亀裂の縁は、白桃の実にも似た清廉なピンクに染まっている。

「あう……恥ずかしいよぉ」

裸に剝かれると、もじもじと太ももを擦り合わせる。

「うう……だって、お風呂にも入っていないのに。顔が近い……」

眉を困ったようにハの字にして、唇をとがらせる。

普段は大人を翻弄する勝ち気な少女が、羞恥の表情を見せるのが刺激的だ。

ふくらみかけの乳房ややわらかい下腹が、みるみる桃色に染まっていく。

(体温があがってる。エッチで、甘い匂いが強くなってる)

「く……うう っ、お風呂になんか入ったら、もったいないよ……」

花に引き寄せられるミツバチみたいに、歩樹は麻莉の幼裂に引き寄せられる。

「麻莉ちゃんのオマ×コ……もっと見たい。キスしたい……はああっ」

猫背で立った麻莉の下半身に顔を埋《うず》めた。

陰裂に鼻を埋めて、思いきり深呼吸する。

「く……おおっ、麻莉ちゃんの匂いっ」

甘美な香りが脳を直撃する。

ストロベリーみたいな甘酸っぱさに、ごくわずかに青魚みたいな生の匂いが混じっている。かすかなアンモニア臭がアクセントになって、肉茎を暴走させる。

「んくぅ、ああ……もっと脚をひろげて。一生忘れたくないよっ、おお……う」

汗ばんだ太ものつけ根に顔を埋め、若牝の湿気を堪能《たんのう》する。

「いやあん、クンクンしないでぇ」

ポニーテールを振り乱し、身をよじる麻莉は、もう立っているのもやっとだ。

大人の手に収まる小ぶりなヒップをつかんで、ぐっと押した。

「はあーんっ、エッチだよぉ」

麻莉があとじさりして、歩樹のシングルベッドに尻もちをついた。

十二歳の身体は軽い。布団はぽすっと音を立てただけだった。

全裸の子鹿が、脚を開いてベッドに座る。

歩樹は少女の中心に向かって首を伸ばす。

少女の新陳代謝の匂いが明確になる。麻莉はショッピングモールでトイレに行った。その名残の、半乾きの尿臭は少女が放つ素敵なスパイスだ。

(もうだめだ。最後まで……行くしかないっ)

麻莉の両ももをぐいっと持ちあげた。

「はーああんっ、スースーするぅっ」

M字開脚の小学生は太ももの肉づきが少なく、骨盤も発達していない。

「ふわ……あたしのそこ……変じゃない？　汚くない……？」

はじめて他人に性器をさらす不安が、麻莉の内ももを震わせている。

「きれいだ。かわいくて、エッチだよ」

恥裂を左右に割ると、ガラス細工みたいな薄い扉の内側に処女の姫口があった。

(麻莉ちゃんのオマ×コ……まるで芸術品だ。キスしたいっ)

無毛の陰裂は、頼りないほど色が薄い。

薄桃色の肉扉は繊細で、歩樹の小指すら入りそうにない。

処女性器の下には、ココア色の小さな窄まりがある。

(天使みたいにきれいな身体なのに、ちゃんとお尻の穴があるんだ……)

飴細工みたいに、なにもかもがすべすべな曲面でできている少女の裸体なのに、秘密の渓谷周辺には、複雑で恥ずかしい器官が配置されているのだ。

歩樹の視線を感じたように、きゅん、きゅんとかわいいらしい肛門がひくついた。

「んふ……アユ兄の息があったかい……」

両親はもちろん、少女自身ですら、あからさまに細部を調べたことはないはずだ。

仲のよい女子同士だって、きっと性器を比べるような場面はないだろう。

(何十年たっても、麻莉ちゃんのここをはじめて触れるのは僕なんだ……)

少女の人生に、自分を刻むのだ。

押しひろげた脚のあいだに顔を突っこみ、膣口に舌を伸ばした。

「んく……麻莉の味……っ」

最初の性器キスだけで、がちがちに勃起した。

「んあああん、だめえ……そんなとこ……ペロペロしたら……はああっ」

最初にぴりっと塩味を感じた。続いてナッツみたいな香ばしさが歩樹の舌を喜ばせる。淡いピンク色をした、禁断の少女穴がきらきらと光っている。

（濡れてる。小学生なのにエッチな液が出るんだ）

少女の秘谷は、すでに興奮して花蜜をにじませていた。歩樹に自慰を命じたときの様子から、麻莉はすでにオナニーの経験はあるはずだ。

姫口の縁を飾った繊細なフリルを舌先でなぞる。

「ん……はあっ、だめぇ……チューはだめぇっ」

若叔父に性器を舐められ、麻莉は拒否しながら身悶えする。けれど、本気で逃げようとはしない。快感を得ているのだ。

「おいしい……くうっ、麻莉のオマ×コはとってもかわいいよっ」

「ん……ああん、くすぐったい……」

ちゅっ、くちゅっと音を立てて、唾液をたっぷり使った膣キスを続けると、麻莉の身体が熱くなっていく。

（僕のクンニで感じてくれてる）

はじめて麻莉の膣肉に触れるだけでなく、少女に快感を与えられた。

女性経験は半年前に別れた同じ大学の恋人だけだが、愛撫は彼女で学んだ。

（僕が麻莉ちゃんを気持ちよくさせてるんだっ）

歩樹は誇らしい気持ちになる。

姫口の前端に、包皮に隠れた、未発達のクリ粒が眠っていた。以前の恋人は、膣口よりも陰核への奉仕を好んだ。

舌をとがらせて、幼い雛尖《ひなさき》を軽く突いた。

「んひぃいっ」

M字に開いた麻莉の脚がびくんと緊張した。

包皮をめくるように舌を当てる。

「ひ……ああうっ、なにこれ……ヘンな感じ……あんっ」

脚を閉じるどころか、刺激を求めて少女が大股開きになる。

「あ……はあんっ、アユ兄のベロがエッチなのぉ……」

予想以上の反応だった。

(強くしすぎたらだめだろうな)

思いきり姫口を吸いたいが、大人になっていない麻莉には刺激が強すぎるだろう。

歩樹は両手で陰唇を開くと、包皮にカバーされた小粒の宝石を舌でやさしく磨く。

透明な花蜜が、じわりと膣口から漏れてきた。

「んひ……はううっ、一人でするときと……違うのぉ」

聞いてもいないのに、自慰を経験していると告白してくれる。

「指よりも僕の舌がいいんだね……うれしいよっ」

ちゅくっ、ちゅぷっ。

花蜜を舌ですくい、少女の真珠に塗りつける。

「ほ……ああんっ、ぶるぶるしちゃう。変になるぅ」

シングルベッドがきしむ。

痛々しいほど大きく脚を開いた、細い身体が汗まみれになっていた。

幼裂を舐める歩樹の鼻腔を満たす、香ばしい肌の匂いがさらに強くなって、性感を得ていると教えてくれる。十二歳の身体は正直なのだ。

（もしかしたら……このままイカせられるんじゃないか？）

麻莉は自慰を経験済みだ。指で快感を得ているなら、歩樹の舌でも絶頂を与えられるかもしれない。

慎重に舌を進めて、極狭の膣口をやさしくこじ開ける。

未踏の膣道からにじむ、さらさらの処女蜜が舌を濡らした。

「ん……はあっ、アユ兄のベロが入ってくるぅ……やらしいっ」

身悶えする麻莉の膣口を舌でゆっくりと掘る。

「熱い……ああんっ、あたしの中……アユ兄に食べられてるぅ」

「そうだよ……麻莉のことを、全部食べたいんだっ」

くちゅぅ、ちゅぷっ。

男の唾液と少女の愛液が淫らなミックスジュースになる。

唇で陰唇にキスをすると、とがらせた舌を埋めた。

「ふあっ、エッチになっちゃうよぉ……」

びくんと麻莉の両脚が緊張する。

「は……あぁんっ、そんな……あそこの奥がじんじんするっ」

膣道に指を挿《い》れた経験はないのだろう。女の穴を探られる違和感に眉をひそめる。

あっ、あっと連続したソプラノの喘ぎ声がワンルームに響く。

（ううっ、麻莉ちゃんをイカせる、はじめての相手になりたいっ）

狭い膣道で舌をゆっくりと曲げてみる。

「はん……あううう、アユ兄のばかっ、変な声を出せないでぇ」

血が繋がった叔父と姪という禁断の交わりだからこそ、刹那の快楽が増してくる。

ペニスにはなんの刺激もないのに、今にも射精しそうだ。

「いやあん、だめ……オシッコ、漏れちゃうぅ」

快感が湧きすぎて尿意を催したのだろうか。

「んんっ、いいよ……僕の口に、おううぅっ、出したって……いいんだよっ」

膣道に声を響かせると、麻莉はがくがくと腰を震わせる。

「あーん、なんかくる。変になる……っ」

普段から高い少女の声が金管楽器みたいにさらに甲高くなる。

「ひいいん、アユ兄……アユ兄っ、あたし……ひゃううぅ」

澄んだ悲鳴がたまらない。

(もうちょっとでイキそうだっ)

やさしいクンニリングスを続けながら、麻莉の表情を窺う。

勝ち気な生意気少女は涙ぐんで、半開きの唇から真っ白な歯がのぞく。イチゴ色の舌が姿を現し、とろとろの唾液が糸を引く。

膣道を穿《うが》った舌を、ゆっくりと回転させた。

「は……ひいいいっ」

少女の身体がびくりと痙攣した。歩樹がつかんだ両ももが、火傷《やけど》しそうなほど熱い。

膣道の奥から、煮つめた海水みたいに濃密な処女の甘露が流れてきた。

「だめ……はあああっ、真っ白になるぅ……んんっ」

腰を浮かせて歩樹の舌を受け入れる。

歩樹のあごに当たる少女の肛門がきゅうきゅうと収縮している。

「んひいいっ、だめ……だめえ……アユ兄、ごめんなさいっ」

幼膣がびくりっと舌を絞った。

「は……あああ……」

全身がぶるっと震えたと同時に、膣口のすぐ上にある針の穴から、温かい水流がちいっと噴いた。

「あーん、ごめんなさいっ、ああ……アユ兄っ」

ちいいっ、ちい……。

絶頂と同時に、小水を漏らしてしまったのだ。

歩樹の言葉に嘘はなかった。麻莉の小水は排泄物とは思えないほど甘美で、新鮮な柑橘みたいな香りを放っていた。

「いいんだよっ、もっと……出してっ」

ちいいっ、ちょろっ。

歩樹の鼻を、唇を、泡立つ少女尿が濡らす。

(幸せだ。麻莉がイク姿……僕だけが知ってるんだっ)

処女の体温を凝縮した聖水を顔に浴びながら、歩樹は至福の笑みを浮かべていた。

3

「は……ああ……アユ兄、ひどいよ……」

シングルベッドに仰向けで倒れた麻莉がぷうっと頬をふくらませる。

はじめて他人の刺激で絶頂した少女は、三十分近く放心していた。

ようやく意識を取り戻すと、とても恥ずかしそうにすねたのだ。

「ひどいって、どうしてさ」

「だって……」

ジーンズとTシャツ姿でベッドに腰かけ、姪の裸体を鑑賞していた歩樹は戸惑う。

麻莉は身体を反転し、甘えん坊の子犬みたいに鼻を鳴らして、歩樹の太ももにあごを乗せてきた。

「あたし、アユ兄にエッチなことをされないと……おかしくなっちゃう。ひどいよ。こんな気持ちいいことを教えるなんて」

処女のまま絶頂し、お漏らしまでしてしまった姪は、顔を真っ赤にして抗議する。

「いいよ。ウチにいるあいだは、ずっと気持ちよくさせてあげる」

犬を愛《め》でるみたいにポニーテールの黒髪を撫でてやると、麻莉はくうんと鼻を鳴らして甘えてくる。

「ねえ……アユ兄」

男の太ももに頬ずりしながら、小さな手を歩樹のジーンズのウエストにかけた。勃起が苦しくて、すでにボタンをはずしてある。

「あたし、お返ししてみたい」

「えっ」

細い指が、ボクサーパンツを濡らした肉茎に触れた。

「くうっ」

クンニリングスのあいだ、ずっと放置されていた勃起肉は敏感だ。

下着の上からでも、少女の指のやわらかさがわかる。

「おもしろーい。びくんって動いた」

「うう……麻莉、もっと続けてっ」

歩樹は懇願してしまった。

「うふ。いいよ。でも……あたしだけ裸なのはいやかなぁ」

麻莉の言葉に従って、歩樹は服を一気に脱ぎ捨てる。

びいんっ。

バネみたいに、若竿が跳ねた。

「きゃっ。一人でしてもらったときより大きくない？」

裸になった若叔父がベッドに座り、その脚のあいだに、屹立を拝むように十二歳の姪が伏せる。

爪を短く切った子供の指が、亀頭に触れた。

「く……ああっ、気持ちいいよっ」

赤く張りつめた紅玉の尖端、尿道口の窪みから、たらりと先走った透明の露を麻莉の指が塗りひろげる。

「先っちょ、濡れてる……エッチになったから？」

伏せた子犬が、からかうように歩樹を見あげる。

子供から翻弄されてばかりではつまらない。

「そうだよ。麻莉と同じで、エロエロになると濡れちゃうんだ」

「やーん、言わないでぇ」

歩樹の反撃に、クンニリングスで絶頂した自分の姿を思い出したのだろう。麻莉はむーっと頬をふくらませる。

「うう……あたし、仕返ししちゃうんだからっ」

芝居っ気たっぷりに歩樹をにらむと、ぎゅっと肉竿の半ばを握ってきた。

「はううっ」

小さな手は体温が高く、手のひらがやわらかい。

麻莉が人さし指と親指を輪にして、牡肉のくびれにからめた。

「アユ兄、こうやって動かしてたよね……」

若叔父の手淫を思い出して、麻莉が先走りでぬめる肉茎を上下させる。

ちゅく、ちゃく、ちゃくぅ。

幼い手が男に奉仕する。

(くうっ、麻莉ちゃんの手が、僕のチ×ポを握ってるっ)

「く……あううっ、いいっ」

禁断の手コキで、下半身が痺れるほどの強烈な悦が襲ってくる。

「うふ……先っぽから、体操クラブの更衣室みたいな、男子の匂いがする」

麻莉は生乾きのカウパー腺液のとろみに目を輝かせる。

バラの蕾みたいな唇を、細身の舌が軽く舐めた。

「あたしのエッチなところ、ペロペロされたのが気持ちよかった……」

クイズを出すみたいに、いたずらっぽい視線を肉茎に走らせる。

「きっと、アユ兄もいっしょだよね？」

（まさか……麻莉ちゃんっ）

頭が股間に迫るポニーテールの頭が小さい。そして、舌や唇はもっと小さいのだ。

完全勃起した牡肉は麻莉の手首と同じくらい太く、ツルが這った岩みたいに肉茎はごつごつと荒々しい。

「んふ……」

とろとろと先走りの露を漏らす穂先に、ちゅっとキスをされた。

「く……はあっ、麻莉っ」

雷に撃たれたみたいに、鮮烈な快感が走った。

「アユ兄はこの穴からオシッコを出すの？　でも今、出てるのはオシッコじゃないよね……不思議。んふ、あん……っ」

歩樹はベッドをきしませてのけぞる。

「んん……苦いけど……ふふ。大人っぽい味……」

牡液への違和感よりも、大人の男への好奇心が勝ったようだ。麻莉はちゅっ、ちゅっと音を立てて亀頭を吸う。

「く……ううっ、麻莉の舌が……うれしいっ」

「やっぱり。アユ兄もペロペロされるの、大好きなんだ」

ちゅ、ちゅむっ。

アヒルみたいに裏返ったかわいい口が、男の穂先から亀頭の裾へとついばみながら移動していく。

(麻莉ちゃんの唇が、チ×ポを動きまわって……はああっ、エッチすぎる)

舌が這うたびに肉茎が痺れて、肉茎の芯がとろける。

「んく……食べちゃう」

麻莉は覚悟を決めたように口を大きく開くと、溶けかけのアイスキャンディを慌てて食べるみたいに、ぱっくりと亀頭を含んだ。

「く……あああっ」

強烈な快感が肉茎をびりびりと突き通した。

「んふ……おん……あたしが知ってるおチ×チンとぜんぜん違う。太いよぉ……」

少女は口腔を満たした大人の性器に驚いている。

六年生の喉が発した「おチ×チン」という卑語が、亀頭を震わせる。

「カッチカチに硬くて……熱いぃ」

（麻莉ちゃんが見たことのあるチ×ポは……きっとお父さんと、体操クラブでオナニーさせた中一ののぞき少年だけだろう。どちらも勃起していなかったんだな）

保健体育の授業で妊娠のメカニズムを学んではいても、実際の男根の重みや熱さなど知らなかったはずだ。

「麻莉の口の中で……ああっ、チ×ポがふくらむよ……っ」

「はあん、お口の中がいっぱい……イクの液、出ちゃう？　精液、出ちゃうの？」

若叔父に脱ぎたてショーツを与えてオナニーさせたとき、麻莉はイクという単語を覚えたのだ。男を口で絶頂させようと健気に舌を使う。

「くぅ。もっと吸ってっ。すごく気持ちいいよ。ああ……麻莉の口、大好きだっ」

麻莉は唇をひし形に開くと、ちゅぷっと音を立てて懸命に肉茎をしゃぶってくれる。

はじめてのフェラチオだ。テクニックなどないのに、幼い口の温かさとやわらかな粘膜は、大の男が悶絶するほどの天然の心地よさを持っていた。

古来より男たちを魅了し、無数の男たちを破滅させてきたロリータリップの摩擦は、ほんの小さな動きでさえ男性器を狂わせる。

「か……はあっ、びくびく……してるぅ」

口の端から透明な涎が竿を伝い、根元に並んだ陰嚢まで濡らしている。

（もうちょっとでイキそうだ。ああ、でも……口が小さくてもどかしい）

射精までのカウントはとっくにはじまっているのに、あと少しの刺激が足りない。

「うく……お願いだよ。しゃぶりながら……手でしごいて。シコシコしてぇっ」

八歳下の小学生に、腰を浮かせて懇願してしまった。

「うふ……ん。こう？　おチ×チン……きゅっ、きゅって……」

口を大きく開き、亀頭をようやくまる呑みにした麻莉が手を伸ばし、少女の唾液と先走りの汁でぬらぬらと光る肉茎を握って上下させる。

「はああっ、もっと握って。チ×ポをいじめてっ」

もっときつい刺激が欲しい。

処女の口と手で、最後まで達してみたい。

「ああ……麻莉っ、麻莉ぃ……っ」

歩樹は股間に伏せた頭を黒髪ごとくしゃっとつかみ、思わず腰を突きあげた。

「んほおおっ、また太くなってりゅうぅ」

舌根を犯されたロリータは、息苦しさに涙を流すけれど、牡肉から逃げようとはしない。それどころか積極的に舌をからめ、唇で亀頭冠を締めて圧搾するのだ。

「ああん、アユ兄……あたしで……イクになってぇっ」

ソプラノの悲鳴が、ビブラートのように亀頭冠を震わせる。

歩樹の腰ふりと麻莉が肉茎を吸う動きがシンクロして、じゅぽ、じゅぷっと濁った水音を立てる。

「く……あああっ、出る、出るよぉっ」

射精宣言と同時に肉茎が暴れ馬のように跳ねる。

下腹の熱が限界を超え、尿道を快感のエキスがどっと走り抜ける。

「イクっ、麻莉の口に……イクよっ。ああ……大好きだっ」

どっ、どく……どぷううっ。

禁断の血縁フェラで少女の喉奥に灼熱の牡液を発射する。

「こ……はああっ」

白目を剝いて麻莉が頰をふくらませる。少女の口では受け止めきれない大量射精だ。

「あーん、熱い。たくさんだよぉ……っ」

半熟リップからあふれた精液が肉茎を伝い、麻莉のかわいい手をどろどろに染める。

「はあ……う、アユ兄のイクの液……あたしに出してくれたぁ……っ」

青くさい精液に舌を焼かれても、ちゅぽ、ちゅぽと肉茎への奉仕をやめない。

どぷ……どぷりっ。

射精は何度も続く。

「く……はああっ、麻莉の口の中……僕の精液でいっぱいになってるっ」

「んふ……うれしいの。あたしが、アユ兄を気持ちよく……できて」

喉から抜けていく精液臭に鼻をひくつかせ、涙をこぼしながら麻莉は懸命に牡肉をしゃぶりつづけるのだった。

4

全裸の男女が並んでベッドに横たわる。

二人の身長差は三十センチ、年齢差は八歳。

二次性徴真っただ中の未成熟な裸体が、ベッドを泳ぐみたいにからみついてきた。

「ああん……まだお口の中で、アユ兄の……セーシが泳いでるみたい」

麻莉が歩樹の脇腹に頭をくいくいと押しつけてくる。

汗をかいた頭皮から香ばしい干し草の匂いがしている。

(たっぷり射精したのに、まだ……出し足りない)

少女の唾液でコーティングされた肉茎は、微弱な電流を送られるみたいに、ずっと心地よさが続いたままだ。

「ねえ、アユ兄、あたしにペロペロされるの……気持ちよかった?」

「ああ、すごく。麻莉がエッチな女の子で、うれしかった」

「あたしも、アユ兄にペロペロされて、じんじんしちゃった……」

はじめてのクンニリングスで処女のまま絶頂を知った麻莉が、意味ありげに微笑む。

「だからね、お互いの気持ちいい場所を、くっつけたら……」

仰向けに寝た歩樹の胸に、成長期で硬い、ふくらみかけの乳房を擦りつける。

「きっと、すごく……」

真っ赤になった顔を、歩樹の腕と胴のすき間にぐいぐい押しこむ。

(麻莉ちゃんと……繋がる。その意味って)

十二歳との禁断の結合だ。血縁や年齢も、すべてが禁忌だ。

歩樹がためらっているあいだに、麻莉が馬乗りになってきた。

「……アユ兄、あたしと、くっつこう」

しっとりと濡れた幼裂を、歩樹のお腹にすりすりと押しつける。

「だめだよ、これ以上は……だって麻莉はまだ、子供……っ」

ためらう歩樹を、麻莉が身体で黙らせる。

「子供じゃないっ」

「は……あううっ」

無毛の陰裂を亀頭に当ててきたのだ。

「く……ああっ、麻莉、いきなりっ」

温かい薄羽が穂先に触れた。

「ふあ……これ絶対、気持ちいいやつだよぉ……」

オブラートみたいに溶けてしまいそうな、繊細な粘膜が亀頭を包む。

「あたしが子供だったら……大人のアユ兄は我慢できるよね？」

歩樹の下腹に跨った少女が、くりっ、くりっと腰をまわしてくるのだ。

「ほら……ほら、大人なのにエッチな顔になってる……」

やわらかな処女の膣口が、ぬるりと亀頭に蜜を塗りつける。

「おううっ、く……っ」

視線の先に桃色の幼裂がある。

（くうっ、無毛の小学生オマ×コが……縦に伸びて、チ×ポに食いこんでる）

二十歳のペニスは、一度射精した程度では力強さを失わない。

にちゅ、くちゅ。

新鮮な幼蜜が亀頭をやさしく洗う。

「うふ。おチ×チン、ぴくぴくしてる……あんっ、だめえ」

体重の軽い麻莉は、歩樹の上で思いきり膝を開いて、跨っている。

(だめだ。チ×ポの先が……吸いこまれそうになってる。逆らえないっ)

骨盤が固まっていない十二歳の少女は、成人女性とは段違いに股関節がやわらかい。

バレリーナや新体操の選手が幼い頃からレッスンを積むのも、股関節が固まらないうちに動きを身体に学ばせるためだ。

媚裂に穂先が包まれる。生意気な少女の粘膜が熱い。

海綿体は充血し、ぐいぐいと角度を増していく。

「くう。はじめての男が実の叔父だなんて、だめだ。最初は麻莉が好きな人と……」

成人としての理性が、結合をためらわせる。

「ばかぁっ。まだ、わかってない」

麻莉はスクワットするみたいに、わずかに腰を浮かす。

勃起の尖端をぷりっとふくらんだ左右の陰唇が、亀頭を包んだ。

「あたしはアユ兄が……いちばん、好きなんだからっ」

ちゅ……くちっ。

「ぜったいに後悔しないんだから……きて、アユ兄っ」

歩樹の下腹にM字開脚で座り、両手を胸板に乗せた麻莉が唇を嚙む。

こりこりした感触が敏感な尖端に伝わる。

「く……あああっ、麻莉……麻莉ちゃんっ」

子供だと思っていた少女が、自ら腰を落として騎乗で肉茎を受け入れる。

「かは……あ、大きい……んああっ」

つぷ……ぷつうっ。

極狭の姫口が大人の穂先でめくれた。

「熱い。きつい……あああ、チ×ポが……入っていくっ」

スローモーションみたいに、自分の尖端が麻莉の中に消えていく。

「はう……く、アユ兄のおチ×チン……ぴりぴり、深いよぉ……」

処女を失うとき、女性は痛みを感じるはずだ。元恋人は歩樹がはじめてではなかったから、伝聞でしか知らない。

「痛かったら……やめるんだよ」

麻莉は首を横に振る。

細い首や薄い肩、そしてふくらみはじめた乳房にも、汗の粒が光っていた。

「痛いのだって……思い出だもん」

ゆっくりと腰を落としてくる。

「ん……ふっ」

クロールで息継ぎする瞬間みたいに、すっと息を吸うと、身体の力を抜いた。

つぷっ。

「は……あああっ」

虚空を見あげて、麻莉が眉をへの字に曲げ、涙を浮かべた。

少女の証《あかし》が破れた瞬間だ。

「ああ、麻莉ちゃんのはじめてを……もらったんだ……」

あと戻りはできない。

「ああ……好きだっ。麻莉ちゃんっ」

強くつかめば折れてしまいそうな腕を握って、ゆっくりと身体を起こした。

騎乗位から対面座位に移る。

「はふ……アユ兄、もっと、深くまで……きて」

やさしく抱きしめると、少女の身体がゆっくりと沈んでくる。

勃起した陰茎が、ちゅ、ちゅ……と花蜜を泡立たせて吸いこまれていく。

（麻莉ちゃんの中……小学生のオマ×コっ）

「うふ……深くなったら、もう痛くないみたい」

笑顔を浮かべているが、その顔には不安があった。

「あたしのここ……アユ兄に喜んでもらえてる？」

「すごく気持ちいいよ。ああっ、うれしくて……」

歩樹が知っている女性器は、大学生の元恋人だけだ。同世代の膣口は温かくてやわらかく肉茎を受け入れてくれた。

無毛の媚裂の感触は、別れた恋人とはまるで違う。

「はあぁっ、麻莉ちゃんのオマ×コ……世界一だっ」

姫口のバージンリップが亀頭冠を絞る。

膣道が細いから亀頭が処女地を押しひろげると、奥からきゅうきゅうと吸われる。

天然のバキュームで精液を引き出されそうだ。

なんと健気な少女だろう。対面座位で繋がったまま、歩樹は麻莉を抱きしめる。

「は……あうんっ」

麻莉の体重が結合部にかかり、嵌合《かんごう》は深くなる。

「あふ……アユ兄のおチ×チンが、あたしの中でぴくぴくしてる。かわいい……」

腰に跨った麻莉が、汗ばんで冷えた腕を歩樹の首にまわして引き寄せた。
朝露に濡れたバラの花びらみたいな唇が正面で待っている。
甘い蜜の香りを漂わせる花に向かって、ミツバチになった歩樹は顔を寄せていく。
「ん……っ」
最後は花びらが積極的に迎えてくれた。
叔父と姪の、禁断のファーストキスだ。
性器を結合させ、唇を重ねる。
人間にとって最も大事な二カ所で繋がっている。
「はぁん……アユ兄と、チューしちゃったぁ」
麻莉はうれしそうに破顔《はがん》する。
破瓜《はか》を済ませた膣道がふわりとほころんで、肉茎を受け入れた。
とろりと膣奥から新鮮な花蜜が垂れて、亀頭を濡らしてくれる。
「く……おおっ、麻莉ちゃんの中……気持ちいいっ」
未体験の快感が歩樹の全身を震わせた。
(信じられない。チ×ポが引っこ抜かれるっ)
麻莉の体重で結合しただけだ。抽送などほとんどしておらず、ただ呑みこまれるだけなのに、強烈な快感が襲ってくる。

「あーん、あたしの中でおチ×チンが暴れてる……」

ふわりとやわらかくて湿った無数の膣襞が、はじめて出会う男性器を興味津々でくすぐりつづけるのだ。

「く……はああっ、僕はなにもしてないのに、麻莉ちゃんの中がくねくね動いて……あううっ、すぐにイッちゃいそうだよっ」

狭隘《きょうあい》な少女の穴は、新鮮な貝のようにこりこりと牡肉に巻きついては型を取るように、きゅっ、きゅっと締めてくる。

(たまらない。女の子の、十二歳の身体って、こんなに気持ちいいんだ……)

細い身体を抱きしめて、深い結合を愉しむ。

少女の健康的な汗が、男の胸板に染みる。

甘酸っぱい香りに包まれて、全身がふやけてしまいそうだ。

「はああん、アユ兄とひとつになってる。あったかいよぉ……」

ソプラノが耳をくすぐり、歩樹の脳髄をメロメロにとろかす。

「く……ううっ、動かなくても出ちゃいそうだ」

「あーん、うれしい。出して。あたしを、アユ兄の精液で染めて」

（麻莉ちゃんの中に出したい。もう、どうなっても構わない）

歴史の中で、大人たちが少女姦を禁じてきた理由が、歩樹にはわかる。

十代前半の妖精は、男を骨抜きにする、快楽の泉そのものだ。

少女は恐ろしい速さで成長する。

その繊細な、けれど生命力に満ちあふれた反応を愉しめるのは一瞬なのだ。

「く……ああっ、麻莉ちゃん……大好きだっ」

心から、少女を愛おしいと思う。

ぎゅっと抱いた二人の肌が溶けていく。

「うれしい。アユ兄、あたしも……イクっ」

「く……ああ、イクよ。麻莉の中に……大好きっ」

「きて。あたしのものになって。アユ兄の全部、ちょうだいっ」

びくり、びくんと膣道が収縮して、ちゅうっと亀頭冠に粘膜が吸いついた。

「か……はああっ、出る。出すよ……受け止めてっ」

どくっ、どくううっ。

いつの間に射精したのか、射精がいつまで続くのかもわからない。

処女の膣道に、たっぷりと精液をぶち撒《ま》ける。

「く……うう っ、ああっ、麻莉ちゃんの中をいっぱいにするよっ」

「ひん……ひんんっ、熱いよぉ……温かいのがあたしの中で……あーん、お腹ぷっくりになっちゃうっ」

騎乗位のまま、未成熟な膣肉にこってりした牡液を噴出されて、麻莉は全身をぶるぶると震わせる。

精の噴水で、幼い膣粘膜を焼く。

「んひいいっ、おチ×チン……カチカチで……あううっ」

麻莉の身体が前後に激しく揺れる。

暴れ馬みたいにポニーテールが宙を舞う。

破瓜の痛みと、歩樹と繋がったという歓びが、麻莉の心と身体を混乱させ、むちゃくちゃに溶かしているのだ。

(ずっと麻莉と……いつまでも繋がっていたいっ)

麻莉の腰をつかんで突きあげながら、歩樹はこりこりの膣肉の感触に陶酔する。

「あううっ、ああ……まだ出てる、空っぽになる……っ」

意識が混濁しそうな快楽に悶えながら、麻莉の最奥に生命のエキスを注ぎつづけた。

第三章　裸の戴冠式

1

一線を超えてしまった二人は、もう止まらない。

禁断の関係だからこそ燃える。そんな単純な言葉では終わらない。

十二歳の姪の身体が放つ、ピンク色の湿気がワンルームを満たし、ベッドに染みついて歩樹を狂わせる。

小学校は夏休みで、たまにある登校日もまだ先だ。残るは体操クラブだが、最初のレッスン日、麻莉は「パパたちが帰ってきたら通うから」と休んでしまった。

膝立ちになった裸の小学生から、勃起ペニスを舐めながらお願いされては、断れる男などいない。

同居にあたって、麻莉のベッドがわりにと届けられた高級なソファベッドは、お気に入りのぬいぐるみが並ぶ祭壇になった。麻莉はペンギンやラッコ、シマウマの名前を紹介してくれたけれど、歩樹はすぐに忘れてしまった。

二十四時間いつでも肌を重ねてくれる少女が一人暮らしの部屋にいるのだ。もこもこのぬいぐるみたちと仲よくなる余裕などない。

ベッドで目覚めると、胸にすがるように眠る十二歳の妖精の寝顔を鑑賞する。

チョコミントのように甘くて、ときには香ばしい少女の匂いを吸いこむと、肉茎はアンテナみたいに鋭く反応する。

少女は大人よりも睡眠時間が長い。

すー、すーと規則的に幸せそうな寝息を立てる小さな裸体をそっと抱いていると、やがてベランダから安手のカーテンを透かした朝日が射しこみ、ハチミツの匂いがする麻莉が、むーっと不満そうに目をこすりながら顔を起こす。

麻莉は無防備な寝顔を見られるのが恥ずかしいという。歩樹は、麻莉が起きそうになると眠ったふりをする。

すると寝起きの麻莉はしばらくぼんやりしてから、若叔父の下半身に手を伸ばす。

寝起きで脱力している男性器を小さな手で覆い、くにくにと揉む。

「んふ……アユ兄のおチ×チンくん、おはよ……」

「うう……」

歩樹は目をつぶって寝ている演技を続けるが、やわらかくて温かいロリータフィンガーの愛撫に反応するなと言っても無理だ。

むくりと陰茎に血液が流れこみ、うなだれていた牡肉が角度を増していく。

「ふ……あん」

こくんと喉を鳴らしてから、麻莉は若叔父の尖端宝珠に唇を重ねる。

昨夜も、二人は禁断の行為にふけっていた。

「はあん、アユ兄の……精液の味……んーっ、苦くて、濃くて……大好き」

麻莉は舌でちろちろと亀頭の尖端を転がす。

乾いていた男女の交合の蜜が唾液で溶かされる。

肉茎の角度が増して、麻莉の口中で跳ねる。

「く……ふうっ」

もう寝たふりは続けられない。

「うう……麻莉ちゃん」

今までは姪だからわざとぶっきらぼうに呼び捨てにしていた。

禁断の関係を結んでからは、早熟な姪をちゃん付けで呼ぶようになった。

叔父が今起きたと思った麻莉は、積極的に舌を使いはじめる。

ちゅぱっ、くちゅう。

小学生の唾液は濃い。

ねとねとの唾液を泡立てて、亀頭を大粒キャンディみたいにしゃぶってくれる。

「はあん……アユ兄のおチ×チン、ちょっとしょっぱい……」

昨晩も生セックスだった。

まだ麻莉は騎乗位しかできない。

自分のペースで上から男根を受け入れ、そして静かに動くのだ。

歩樹にとってはやや物足りないが、小学生の無防備な膣道を、ごりごりと反り返った亀頭冠で削っているという感激だけで十分に満足だ。

歩樹はゆっくりと上下する小さな裸体を下から見あげ、発育途上で乳腺も硬い乳房をやさしく撫でながら、麻莉の甘い悲鳴を堪能するのだ。

最後の射精など、つけ足しだ。

小学六年生の美少女がセックスの味を覚え、瞳を潤ませて小犬がきゃんきゃん鳴くみたいな姿を独り占めできるという幸運こそ、歩樹にとっての天国だ。

昨晩の余韻で湿ったベッドの上で、麻莉がおはようフェラで歓待してくれている。

ちゅっ、ちゅくっ。

ねっとりと熱い口の中で亀頭がもてあそばれている。

「エッチな味がする。海の水みたいで、ちょっと鉄っぽい。精液とは違うね」

こちゅ、ちゅぷっ。

少女の甘い唾液が亀頭冠にからみ、唇の端から垂れて肉茎を伝う。

「もしかして……あたしの中の味なの？」

「そうだと思うよ。麻莉ちゃんのオマ×コ、すごく濡れるから」

「いやあ……恥ずかしいっ」

麻莉の耳が真っ赤になって、フェラチオは激しさを増した。

歩樹は股間に伏せた姪の、絹みたいな黒髪を撫でる。

「く……はあっ、僕ばっかりじゃなく、麻莉ちゃんを感じてさせたいんだ」

「……うふ。うれしい」

麻莉はちゅぽんっと肉茎を解放する。濡れた唇と亀頭のあいだに、涎の糸がきらきらと光った。

抱き寄せてキスしようとすると、すばしっこい小リスはするりと逃げる。

「あのね……今日は、前からして」

ベッドに横たわると、自分の膝をつかんでぐいっと開いた。

M字に開いた渓谷の中心に、日に日に色づく花びらが朝露に輝いていた。

「あたし……おチ×チン挿れられても、もう痛くないっぽい」

騎乗位でしか挿入できなかった十二歳の少女が、はじめての正常位を求めている。

「麻莉ちゃんっ、まる見えだっ」

「はあん……アユ兄の目、エッチぃよ」

薄羽の陰唇の内側で幼蜜に濡れた粘膜は、まるで宝石だ。

その下では、薄紫のロリータ肛門がひくひくと息づいている。

目を凝らさないとわからない、小粒なクリトリスと、感じるとオシッコを漏らす針の穴ほどの尿道口。すべてのパーツが繊細な、芸術品のような陰裂だ。

「ああん……早く。アユ兄の、おチ×チンで……あたしをいじめて」

細い両脚を抱えて挿入を求める、罪深い十二歳のおねだりダンスに射精しそうだ。

「くううっ、いくよっ」

歩樹は姪の上に覆いかぶさると、穂先を花蜜になじませる。

にちゃっ、にちゅっ。

神聖な少女の蜜を亀頭にからませると、ゆっくりと探るように穂先を沈めた。

「ふ……ああっ、入ってくるぅ」

両膝を抱えた麻莉がのけぞった。

白い首が呼吸に合わせてひくつく。

ずりゅ……ずるっ。

平均よりもやや小さめだろう歩樹の性器だが、処女を失ったばかりの狭隘な姪の秘孔には負担になる。

「くうっ、締まる……くううっ、痛かったら……言って」

「ううん、痛くない。なんだか、この繋がり方だと、すごく……すごくっ」

ぷりっぷりの膣襞が亀頭の裾で裏返されるたびに麻莉が悶える。

今までにない反応だった。

「びりびりするの。気持ち……いいっ」

感じているのだ。

小刻みに抜きさししながら、結合を深くしていく。

きゅうっときつい膣道の一部に、無数の襞が密集していた。

亀頭の裾が触れると、麻莉がひいっと喉を鳴らした。

「あ……あんっ、そこ……ヘンな感じ。お腹の中にアユ兄がいて……なんか、寂しくないの。おチ×チンがあったかくて……うれしくなるっ」

びくっ、びくっと麻莉の下腹が収縮した。

処女を失って間もない身体が、膣の快感を生みはじめているのだ。

同時に幼膣は健気にも男の器官を歓待しようと締めてくれる。

「くう……チ×ポが撫でられてるみたいだ。僕も気持ちいいよっ」

麻莉の反応を探りながら、小刻みに亀頭冠を擦ってみる。

「んっ、んんっ、そこ……はああっ、いいの……やだ。中が動いてる」

麻莉は眉をぎゅっと寄せ、目を閉じて首を横に振る。

(ひょっとして……イキそうなのかっ？)

十二歳の少女が挿入で感じている姿は高貴そのものだ。

歩樹は慎重に、しかし大胆に腰を使う。

「あ……あぁ、ヘンなのくる。知らないの……きちゃううっ」

「くううっ、麻莉ちゃん、それがイクってことなんだよっ」

自分の快感よりも少女の初絶頂が大切だ。

歩樹は射精のためではなく、敏感な膣壁を牡根でくすぐる。

(麻莉ちゃんの感じる場所が、もっとあるはずだ)

同時に結合部に手をそえて、包皮で守られた雛尖をやさしくタッチした。

「はんうううっ」

想像をはるかに超える反応のよさだった。

「ひっ、ひいいっ、続けて……おかしくなっちゃう。これ……イクなの？　すごいの。あたしの身体が全部おチ×チンで溶けちゃうっ」

じゅく、ぷちゅっ。

花蜜が濃度を増し、ぴくぴくと膣口が窄まって肉茎を絞る。

「く……ああっ、イッて。イッてほしいんだ。麻莉ちゃんっ」

こりこりの膣肉を削って、歩樹がやさしく攻め立てる。

「は……ああああっ、これが……イク、イクなの……あああっ、すてき。大好き……イク、イク、イクが好き。アユ兄にイカされるぅっ」

ちいっ、ちい……。

雛尖の下から、新鮮な小水が噴いた。

「はああっ、だめ……いいっ、恥ずかしい声が出ちゃう」

嬌声といっしょに、ぴゅっと聖水をベッドに撒きながら、十二歳の絶頂は続く。

「く……ああっ、僕のチ×ポで……麻莉ちゃんがイッてるっ」

どくっ、どくり。

わずかに遅れて、歩樹もたっぷりと思いのたけを少女の膣奥にしぶかせた。

2

おねしょみたいに世界地図が描かれたシーツを洗濯機に入れた。

「うう……ごめんなさい」

裸の麻莉がベッドの端、壁ぎわに肩を預けて体育座りしている。

感じすぎてオシッコを漏らしてしまったのを恥じているのだ。

「いいんだよ。うれしいんだ、麻莉ちゃんがイッてくれて」

歩樹はショートパンツだけを穿き、布団をベランダに干して戻ってきた。

「……うん。でも、赤ちゃんみたいで恥ずかしい……」

「お風呂に入ってから着がえよう」

ぷーっと頬をふくらませてすねている麻莉を立たせると、バスルームに連行する。

裸になると、二人で向かい合って、シャワーを浴びた。

シャワーヘッドをホルダーにかけ、麻莉をうしろから抱いて立たせる。

重なったまま熱い湯を浴びた。

ボディソープを手にとると、泡立てて麻莉のおっぱいに塗り重ねる。

「んふ。あん、エッチだよぉ」

「エッチなのは麻莉ちゃんだ。ほら、おっぱいの先がぷっくりしてる」

背中を支え、首筋に吸いつきながら、充血をはじめた幼い乳首を指先で転がす。

「あーん、あたしもアユ兄も……エッチなの」

やわらかな脇腹から無毛の恥丘へ。泡まみれの指を幼裂に沈める。

「オシッコの穴もきれいにするよ」

「あーん、やだあ」

縦割れの溝を泡で洗う。

「んあ……アユ兄の精液……とろって出てる」

精液と少女の蜜が混じったぬるぬるの天然シロップを指で掘り、洗い流す。

洗いすぎても女性器の粘膜が荒れると聞いた。

そっと陰核を撫でるように指を動かすと、麻莉がくすくす笑った。

「うふ……アユ兄に洗ってもらうの、気持ちぃい」

もう性器を叔父に触られても逃げはしない。

「全部洗わないとね」

泡まみれの指を並んだ尻ボールのすき間に沈ませた。

「あん……」

きゅっと少女の尻肉が締まっても、もう遅い。

中指が麻莉の尻奥、きゅっと窄まった肛肉にボディソープの泡を塗りつける。

「やーん、お尻なんて……だめっ、エッチぃ」

だが、決して逃げようとはしない。

(お尻も感じるのかな)

右手で放射皺をいじりながら、左手を前にまわして雛尖をとん、とんと軽くたたく。

「はんっ、いじわるっ」

腕の中で細い身体が悶えている。

肛肉の皺を数えるみたいに指を滑らせた。

「は……っ、ああん」

前後から幼裂を同時に洗ってやると、小さな頭が歩樹の胸板にぶつかって震えた。

「うう……今度は、あたしが洗うのっ」

子犬みたいにぶるっと全身を震わせると、麻莉が反転した。

「んふ。アユ兄もきれいになってね」

かけてあったシャワーヘッドを持ってしゃがむと、欲望を放ってうなだれた肉茎にお湯を浴びせる。

麻莉はボディソープを手にとって泡立てると、下から亀頭をやさしく包む。

「あは……ぬるぬるしてる」

くすぐるように亀頭を撫で、垂れ下がった肉茎を握ってしごく。

「不思議。イク前は鉄の棒みたいにカチカチなのに、精液を出しちゃうと、ふにゃふにゃでかわいいね」

ちゅく、ちゅくと竿を洗い、だらりと実った二つの果実に指を進ませる。

「あーん、袋のとこは、ひんやりしてる」

中に入ったボールを揉んで目を輝かせる。

麻莉ははじめて触る陰嚢がお気に入りらしい。

「あうぅ……麻莉ちゃんっ」

少女からのソーププレイは刺激的だ。

「うふ。アユ兄の気持ちいいとこ、探しちゃうよ」

陰嚢を片手でもてあそびながら、残る指が奥へと進んでくる。

蟻の門渡りとも呼ばれる、肉茎の奥の山脈を洗われる。昔の恋人にも触られたことがない場所だ。こりこりとした峰をつままれた。

単なる性感とは違う、不思議な心地よさがあった。

「く……ううっ」

歩樹の腰から力が抜ける。

「アユ兄、エッチな声……うふふ」

しゃがんだ麻莉は歩樹の股間に顔を寄せると、残る手を背後にまわした。

(まさか、麻莉ちゃんっ?)

泡まみれの細い指が、歩樹の尻の谷間に滑りこむ。

腰を引いて逃げようとすると、片手で肉茎をぎゅっと握られた。

つるり。

ぬめる指が歩樹の肛門に触れた。

「あ……ううっ」

甘い痺れが響く。

「アユ兄の弱点、見つけちゃった」

麻莉はうれしそうに若叔父の肛肉をつん、つんと指でくすぐる。

「だめだよ、汚い場所……」

「アユ兄だって、あたしのお尻、いじったじゃない。おあいこだよ」

小学生の指は執拗だった。

箱の中から三角くじを探すみたいに、尻の谷間を這いまわる。

「く……はああっ」

人間のいちばん恥ずかしい場所を、十二歳の指がくいくいと責める。

「やっぱり、アユ兄……男の人もお尻の穴、気持ちいいんだ？」

(男の人もってことは……麻莉ちゃんもアヌスを洗われて感じたのか)

「うふ。力が抜けて、ふわふわしちゃうよね？」

少女もまた、排泄器官を触られて感じていたのだ。

「ねえ、アユ兄も気持ちいいよね」

責めモードになった幼い女王様は放射状の皺を伸ばして、ソープを塗りつける。

「く……はああっ」

狭いバスルームに歩樹の情けない悲鳴が響く。

「ううっ、気持ちいいよ……あうぅ」

女性が膣口を触れられるときの感覚を疑似体験しているみたいだ。

麻莉が握っている肉茎がぐいと角度を増す。

「アユ兄よりも先に、おチ×チンが返事してくれてたんだよ」

ちゅく、ちゅくっと勃起をしごかれる。泡の滑りがなんとも心地よい。

限界だった。

「麻莉ちゃんっ、布団で続きをしようっ」

麻莉の手を引いて立ちあがらせると、ぎゅっと抱きしめる。

アンバランスな二人の身体に挟まれた勃起にも、熱い湯が降り注ぐ。

くっついたまま浴槽から出て、大判のバスタオルでずぶ濡れのいたずら子犬の頭を拭いてやる。

「アユ兄に髪をこしゅこしゅされるの……好き」

腋も下腹も無毛のつるつるボディだ。すぐに拭き終わってしまう。

上気した身体からはボディソープの香料よりも、もっと素敵で甘い匂いがする。

麻莉も新しいタオルで歩樹を拭いてくれる。胸から上には手が届かない。

「う……くっ」

タオルでやさしく肉茎を握られた。

「やっぱりすごい。やわらかかったのに、もうギンギンなんだ……」

タオルから頭を出した赤い亀頭に、麻莉がバラ色の唇を当てると、ちゅっと吸う。

「そうだ……あのね、アユ兄に見せたいものがあるの」

楽しい遊びを思いついたと言いたげに、きらきらした瞳で麻莉が若叔父の手を引いてユニットバスの外に出る。

はだかんぼの姪は、お気に入りのぬいぐるみに占拠されたソファベッドの下から、リボンで飾られたピンクの紙袋を取り出した。

ジュニアファッションの店で麻莉がもらったプレゼントだ。創業記念のくじで一等だったと喜んでいた。

裸の麻莉がしゃがんで歩樹に背中を向ける。

肩胛骨のラインは、これから妖精の羽が生えてくるみたいにきれいだ。

まるまった背中から背骨が浮いている。その下にはまだ半熟で張り出しの少ない腰骨と、ちんまりとまるいお尻がある。

尻の谷間は浅い。

神秘の小孔を三つ隠した少女の渓谷は、歩樹を虜《とりこ》にした場所だ。

「開けてみて」

白い布に包まれていたのは銀色に輝く、大きなアクセサリーだった。

唐草模様みたいな細工を施された冠だ。きらきらと輝く透明の石がちりばめられ、中央には親指サイズの水色の石がはめこまれていた。

王冠とは違って、左右に細い金属バンドが伸びている。

「ティアラっていうんだよ」

ファッション用語には縁のない男子大学生が、はじめて聞く単語だった。

「お姫様みたいになれるの。アユ兄に載せてほしいな」

麻莉はすっと立ちあがると、両腕をぴったりとわきにつけた。

目を閉じてわずかに上を向いてじっとしている。

(ああ、きれいだ)

二重で大人びたまぶたのライン、すっと通った鼻すじに、生意気な言葉だって愛らしく聞こえる、ぷりっとしたピンクの唇は高貴な姫君にふさわしい。

歩樹はティアラを手にとると、慎重に正面を向け、麻莉の頭に載せた。

裸の戴冠式だ。

「麻莉ちゃん……映画に出てくるプリンセスみたいだ」

お姫様に冠を捧げた年上の騎士もまた裸だ。腰の大剣はずんと太く、重そうな切っ先を天に向けている。

「くひっ。うれしい」

目を開けた麻莉が手で頭上のティアラを触る。無防備で子供っぽい笑顔だった。

「ティアラはお姫様の必須アイテムなんだよ」

前髪を整えて、歩樹に見せてくれる。

左右のバンドは髪留めになっているから、簡単には落ちない。

「麻莉ちゃんがお姫様なら……僕は騎士かな、王子様かな」

少し気取って言ってみたが、麻莉は、んーっと指を唇に当てて考える。

「違うよ。ゲームといっしょ。従者のアユ兄は、だんだん偉くなっていくの」

そして、ティアラを誇らしげに輝かせた裸のプリンセスはおごそかに命じた。

「最初は……馬だよ。ふふ」

3

(麻莉ちゃんのオマ×コが背中でスリスリ……たまらないっ)

シングルベッドとソファベッド、それに小さな丸テーブルとスツールで、歩樹のワンルームはいっぱいだ。

そのあいだを、四つん這いになった歩樹が進む。

（まさか、本当に馬にされるなんて）

背中に跨っているのは、全裸の姪だ。

「ほら……次は左だよ。窓に近いと、外から見えちゃうかも」

左の尻が、ぱんっと鳴る。

平手で軽くたたかれただけなのに、歩樹は全身を硬くしてしまった。

女子小学生に裸馬扱いされるなんて、エロいを通りすぎて異常な事態だ。

「は……あううっ」

四つん這いのままソファベッドにそって左折する。

麻莉は身長が百五十センチに届かない程度だ。体重は四十キロを切るだろう。しかも歩樹の腰に座った麻莉は足を床についているから、ほとんど重さを感じない。

「んふっ……」

歩樹の背中に騎乗した麻莉がため息を漏らす。

馬役の歩樹が歩くたび、振動が伝わって股間が刺激されるらしい。

「ふう……尻尾、いじってあげる」

ティアラを輝かせた全裸のプリンセスが、きゅっと歩樹の胴を締めると、下向きに勃起した肉茎を撫でた。

やわらかな少女の指が裏スジを滑る。

「くう……ヒヒーンだよっ」

思わず歩樹はいなないて、ぐっと背を反らしてしまった。

「は……あんっ」

背中に当たる熱い股間が、濡れている。

「じゃあ……駆け足だ」

わざと乱暴に進んでみる。

「かふぅっ、ああんっ」

馬の背で揺られた麻莉が悶える。

「このまま……ずっとまわっていればいいのか？」

麻莉も興奮して花蜜を若叔父の背中に塗りつけているし、歩樹は勃起をぶら下げて、先走りの露を床に落としている。

「ええと……どうしよう」

馬の質問に、美しい騎手が戸惑っている。

「お姫様に奉仕する、召使とか」

歩樹は自分から、新たなプレイ関係を提案する。

「んー。どうかなあ」

裸の男に跨った麻莉が斜め上を見ている。

「お姫様の身体をほぐす、マッサージ師」

「やだあ。アユ兄、オジサンっぽい」

けらけらと笑われてしまった。

「それなら……お姫様を捕まえた、敵国の兵士だ」

「えっ……」

歩樹の提案に、はじめて麻莉が反応した。

「囚われの姫、いいかも……」

うっとりした表情で歩樹を見下ろす。

考えてみれば相手は小学生なのだ。

シチュエーションプレイで遊ぶにしても、麻莉が主導などできるはずがない。

（よし、僕は今から、姫様を拷問して、恥辱を与える兵士だ）

四つん這いの背から、麻莉をゆっくりと下ろした。

「麻莉ちゃん、拷問って知ってる？」

「ゴーモン？」

「そう。女の子を縛って、めちゃくちゃに痛めつけて……秘密をしゃべらせるんだ」

麻莉を抱き起こすと、シングルベッドに軽い少女を供えるように寝かせた。

「お姫様をいじめて、ひどいことをいっぱいするよ」

「あん……ちょっとドキドキする。あたし、どうしたらいいの」

歩樹はベッドサイドの引き出しから、麻莉が持ってきたハンカチを取り出した。

一枚は純白、もう一枚は赤いハートを散らした女の子らしいものだ。

「ほら、腕を上げるんだ」

歩樹が命じると、ベッドに横たわった麻莉が腋をさらす。

シャワーのあとでしっかり拭いたのに、腋の無毛平原はしっとりと湿っていた。

手首にハンカチを縛り、ベッドのヘッドボードに結ぶ。

「あん……なんか、恥ずかしいね」

お姫様はまだ日常モードだ。

「恥ずかしいじゃ済まないぞ。さあ……チ×ポで穢してやる」

歩樹はプリンセスを捕らえた悪辣な兵士になりきって、勃起肉を腋の肌に押しつけた。普段は日光も浴びない腋の下に、やわらかな先走りを塗りつける。

「んっ、ひっ、くすぐったい」

ぬめる先走りを敏感な腋に塗られて、麻莉が身悶えする。

腕を上げて拘束された姿が、男の本能に眠っていた嗜虐心を刺激する。

「くう……王族の腋は気持ちいいぞ。次はおしゃぶりだ」

ティアラを戴いた少女の身体を跨ぐと、無毛の腋を擦った亀頭を唇に持っていく。

「いやん、アユ兄……目が怖い……んんんんっ！」

まだお姫様になりきっていない麻莉の口に、一気に肉茎をぶちこんだ。

「ん……んふ、あふっ」

「ひひひ。おまえは今日から肉便器だ。風呂に入ったこともない罪人や、兵士たちのチ×ポを何百本も咥えるんだぞ」

じゅぷっ、ずちゅっ。

目を見開いて焦る、プリンセスの高貴な口を犯す。

麻莉が積極的にフェラチオをするときとは違い、舌が逃げる。亀頭で追いつめて押さえこむと、ざらついた幼粘膜が亀頭冠を擦る。

「んっ、こ……ほおおおっ、何百本……あううっ、許してえ」

強引に舌根に亀頭を当てて、ずぶずぶと掘ってやる。

「んお……ほおおっ」

「食事も抜きだ。俺たちの精液だけしか飲めないいんだぞ」

両手首を縛られて自由が利かない少女の口を、くぽっ、くぽっと音を立てて犯す。

「んく……んぎいいっ、やめて。おおおっ、だめ……」

眉根を寄せ、涙目になって荒くれ兵士に凌辱されるお姫様の唇から、唾液があふれて頬を伝う。

「お姫様の口は最高の精液便所だっ」

涙目になるお姫様の喉に穂先をずんと押しこんだ。

「おごうぅ」

本気の悲鳴に、深く突きすぎたかと慌てて腰を引いた。

(いけない。本当に苦しくさせちゃったか)

心配する歩樹を、麻莉はきっとにらんだ。

「ううっ、わたしを辱めるなんて……卑怯ものっ」

唇を噛み、眉根を寄せて怒りをむき出しにした顔だ。

（本気の演技になってくれた）

麻莉がお姫様モードになった。

「くっ……おまえたちみたいな卑しい敵に……犯されるものかっ」

頭のいい娘だ。すぐにシチュエーションプレイに応じてくれる。

（そういえば、中世っぽい異世界もののアニメが好きだって聞いたな）

麻莉は全裸で腕を大きく開いて拘束されている。手首にはハンカチをやさしく巻いてあるだけだが、まるで鎖で繋がれているように、肩を浮かせて反抗する。

（麻莉ったら……目つきまで鋭くなって、完全にお姫様演技だ）

「く……ううっ、お口の次は……きっとわたしの大事なところも犯すつもりね。この……野蛮な男めっ、絶対に許さないんだから」

自由になる脚をじたばたさせながら、歩樹を罵ってくる。

（ということは、もう挿れてほしいんだな）

もちろん、なりきり兵士の武具も臨戦態勢だ。

歩樹はお姫様の手首を縛ったハンカチをゆるめた。

「ああんっ」

麻莉が素に戻り、不満そうに唇をとがらせる。縛られる遊びが気に入っていたのだ。

「犬みたいに犯してやるよ」

歩樹が麻莉の身体を裏返してやると、きゃっとうれしそうに笑った。

「こら。囚われのお姫様が喜んじゃだめだ」

うつ伏せにしたお尻をぺしんっとたたいてみた。

「あーんっ」

軽くたたいただけなのに、大げさに悲鳴をあげてくれる。

「くううっ。ひどいわ、お尻をたたくなんてっ」

屈辱の演技に戻りながら、自由になった手をベッドの上に向ける。

拘束しやすくしてくれたのだ。

再びハンカチを手首に巻きつけ、両腕を開かせて拘束した。

「ああっ、なんて恥ずかしい格好をさせるの。許さないっ」

麻莉がティアラで飾られた頭を振る。

歩樹は四つん這いにさせた下半身に移動すると、ぐいっと尻肉をつかむ。

「へへへ。俺がお姫様のオマ×コを調べてやる」

にちゃっ。

溶けかけのバニラアイスみたいにつるつるのロリータヒップを割った。

4

（ぐっしょり濡れてる。なんてきれいな眺めなんだ）

思わずため息が漏れる。

普段は明るくて勝ち気な姫だが、お姫様になりきって縛られ、お尻をぶたれるという想像で興奮していたのだ。

きゅっと小さく、未熟な半球のあいだに、ピンク色の割れ目がひくついていた。触れてすらいないのにバラの蕾はほころんで、朝露に濡れた雌しべをさらしている。

普段と違うのは豊かな花蜜の量だけではない。

姫口の端で、薄いフードをかぶって隠れているはずの幼い小粒が、充血してちょこんと顔をのぞかせているのだ。

「ああ……これがお姫様のエッチなお豆か……すごいぞ」

兵士の演技をしながらも声がかすれる。

四つん這いにした麻莉の腰をつかんでぐっと持ちあげると、幼裂に顔を埋める。

「は……ああんっ、だめ。今日、すごく……エッチになってるのに」

麻莉の悲鳴が遠くから聞こえる。濡れているのも、雛尖がぷっくりふくらんでいるのも自覚しているのだ。

(麻莉ちゃんのクリトリス……いただきますっ)

米粒ほどの突起に舌を伸ばす。

はじめて外の世界に出たのだろう。極小の宝石は白い分泌物がからみついていた。

舌先にぴりりと伝わるアンモニア臭と酸味が少女の象徴だ。

「は……ひっ、びりびりしちゃうぅ」

敏感な小粒は包皮越しでも感じるのに、今日は直接舐められたのだ。

「ひゃんっ、ペロペロされるだけで……ああん、イキそうになるぅ」

麻莉はのけぞってポニーテールを振りまわす。

「んんっ、お姫様の味だ。高貴な王族のクリちゃんは、とっても濃い味だぞ」

残忍な兵士役の歩樹は、蛇が獲物を狙うようにちろちろと舌先で雛尖をつつく。

「んは……だめっ、おかしくなるっ。ああ……だめっ、わたし……犯されちゃうっ」

悲鳴のかたちを借りた挿入ねだりだ。

もう一秒も待てないと、十二歳の尻が目の前で左右に揺れる。

未熟な薄羽から、つうっと花蜜が糸を引いて落ちる。

「ふふ。お姫様は……どこを犯されるのが怖いのかな」

言いながら、歩樹は陰核から舌をずらし、姫口の縁を舐める。

「はーんっ、だめっ、ああ……犯さないでぇ」

わざと花芯に舌は触れさせず、舌をもっと上、尾骶骨側に進めていく。

目の前には、薄茶色の窄まりがある。さっきまで仰向けで拘束されていたから、花蜜が伝って、放射皺まできらきらと濡れ光っていた。

ちょんと窄まりの中心をついばんでみる。

「んくっ」

四つん這いの麻莉が、頭を下げて声をこらえた。

(お尻の穴も感じるんだな)

指が触れただけで悶えるし、シャワーでは自ら歩樹のアヌスを触ってきた。

麻莉自身が気持ちいいからこそ、歩樹にもお返しをしてくれたのだ。

舌を伸ばして窄まりの中心を味わう。

シャワーでしっかり洗ってしまったからボディソープの香りが残っているが、姫口が漏らした花蜜ですっかりぬらついている。

唇を寄せて、放射皺ごときゅっと吸ってみた。

「は……ああんっ、それ、だめえっ」

部屋に悲鳴が響いた。

括約筋ごと引っ張るように吸いながら、こりこりの中心に舌を突き立てた。

「はひ……ん、お尻はだめえ……アユ兄が……汚れちゃう」

「アユ兄ってのは誰かな？」

お姫様演技を忘れた麻莉に舌でおしおきだ。

「ああう、知らない……ああん、いじわる……」

肛肉がひくひくと収縮するのがなんともかわいらしい。

「俺に舐められてる穴……高貴なお姫様はこの穴からなにを出すのかな。言うんだ」

べろべろと渦の中心を舐めつづける。

「わたしはお姫様だから、トイレなんかしないのっ」

ちゅぽんっと音を立てて唇を離すと、イソギンチャクみたいに盛りあがった肛肉がゆっくりと戻っていく。

「うう……早く、じゃなくて、ああ……犯すなら……早くしなさいっ」

歩樹の唾液と花蜜でとろとろになった陰裂を見せつけ、腰を振って哀願する。

もう前戯は十分だと、桃色の少女洞穴もすすり泣く。

「へへっ、お姫様を穢してやる。俺のチ×ポで壊してやるからな」

伏せた麻莉の背後に膝立ちになると、肉槍の尖端を、露出した真珠に当て、尿道口の窪みで包むように突く。

「きゃんっ、はあんっ」

男女の敏感な点が触れ合って、麻莉は子犬みたいに鳴いた。

敏感な尿道口に、小粒な縦長真珠がぴったりとはまった。

「く……ああっ、麻莉ちゃん……じゃない、お姫様のクリがとがってるっ」

歩樹もまた、演技を忘れるほどの快感だった。

「あーん、やだ……とんがり、いじめないでぇ」

汗まみれの背中がぐっと反った。

性器を歩樹に突き出す格好だ。

膝をひろげた四つん這いだから、二つ並んだ少女の秘穴がまる出しになる。

歩樹は細い腰をつかむと、亀頭を幼裂の上、唾液まみれの窄まりに当てた。

「そうか。お姫様はウ×チの穴を犯されたいのかな?」

窄まりが亀頭の圧迫を受けて歪み、にちゃにちゃと淫らな音を立てる。

「ひいいっ、違うの……お尻じゃないのぉ……」

麻莉は必死で腰を振り、自分から姫口を亀頭にかぶせてくる。

「こ……ここぉっ、こっち、はああ……オ、オマ×コに挿れてぇっ」

ソプラノの卑語がワンルームに響く。

(麻莉ちゃんが「オマ×コ」だなんて……)

赤ん坊の頃から知っている姪の口から放たれた下品な四文字が、歩樹の頭の中で反響する。

「あたしから……挿れちゃうんだからっ」

姫口を後方に突き出され、亀頭がぷにゅっと硬めの秘唇に捕まった。

「くうっ」

亀頭にしゃぶりついた姫口は、シチューみたいにとろとろだった。

「あううっ、太いので……犯されちゃうぅ」

悲鳴をあげながらも尻を突き出し、反り返った肉茎を膣肉で吞みこもうとする。

(反応がまるで違う。オマ×コがエッチに育ってるっ)

十二歳の柔軟な膣口に亀頭のくびれを拘束され、兵士のほうがたじたじだ。

「おううっ、この淫乱姫めっ」

歩樹の反撃だ。猛禽《もうきん》のように十指を少女の尻に食いこませ、肉槍をくり出した。

膣襞の重なりも、はじめてのときよりずっと複雑で、男の性感を引き出してくれる。

「くうっ、気持ちよすぎる……うう〜っ、お姫様のオマ×コは最高だっ」

肉茎を半ばまで送ると、亀頭の裏、包皮小帯にざらついたふくらみが当たった。膣道がそこだけ狭い。

刀身で擦るように動かしてみる。

「はひいいいいっ」

絶叫してのけぞる麻莉のティアラが、陽光を浴びてきらきらと輝く。

とても感じるポイントのようだ。亀頭の裾を使って粘膜のふくらみを削る。

「ほひいっ、おかしくなるう。だめ。溶けちゃう。あたし、とろけちゃうよぉ」

凛々しいお姫様が甘ったれな小学生に戻って絶叫する。

「いやああっ、変な声を出したくないのにぃ」

手をハンカチで拘束されているから、口を押さえることもできないのだ。

「淫乱姫を歌わせてやる。どうだ。チ×ポ気持ちいいかっ？」

「ひっ……いん、らん……？」

小学生の語彙にはない単語らしい。

「どエッチってことだよ、お姫様っ」

ぬっちゅ、ぬちゅっ。

後背位で花蜜をかき出す。結合部が泡立つほどの少女の蜜が飛び散り、麻莉の内ももを伝う。

「あーん、わたし……あたし……おかしくなるぅ」

かくかくと腰を振って、歩樹にぶつけてくる。

ボクシングのクロスカウンターみたいに二人の動きがぶつかって結合が深くなる。

「く……あああっ、すごく気持ちいいよっ」

穂先が麻莉の行き止まりに当たる。

くにゅっとした粘膜のリングに亀頭が包まれた。

「く……ああっ、チ×ポが吸われるっ」

はじめて届く、少女の子宮口だ。

温かなゼリーで牡肉をやさしく洗われているみたいな感触だった。

「おチ×チンが当たって、エッチになる。い……いんらんになっちゃうよぉ」

突くたびに強烈な悦が生まれる。

肉茎の根元の奥で、ぐらぐらと熱い牡汁がたぎっている。

「くはあっ、淫乱姫におしおきしてやるっ」

抽送のペースをさらにあげる。

じゅぷっ、ぷちゅううっ。

花蜜が泡になって垂れる。

ぷふっ、ぷぴぃぃ。

肉茎のかたちに歪んだ膣道から、空気が漏れた。

「ひーん、いやあ……違うの。おならじゃないからぁっ、あーんっ」

恥ずかしがるお姫様の姿がなんとも刺激的だ。

わざと腰をひねり、膣奥から空気が抜けるように責めてやる。

ぷうぅ、ちゅぶうっ、ぷぴぃ、にちゃあっ。

突くたびに違った音を出す。少女の身体は楽器だ。

「ひんっ、変な音を出しながらイッちゃう。いんらんになって……イッちゃうぅ」

覚えたての淫語を使いながら、麻莉は髪を振り乱す。

「おおぉ、いっしょに……俺といっしょにイクんだ、お姫様……麻莉ちゃんっ」

兵士にできる、最後の攻撃だ。

深く、深く貫いた。

「あううう、イッちゃう、ああん……アユ兄にイカされるの好き……大好きぃ」

びくびくと膣奥が震え、亀頭が揉まれる。

じゅっ、じゅぷと熱い絶頂の蜜が噴出して亀頭を焼く。

「あーん、あたし、イッてる。アユ兄……ごめんなさい。漏れちゃうよぉっ」

少し遅れて、後背位の結合部をたたく陰嚢に、熱い小水が浴びせられた。

絶頂とお漏らしが、癖になってしまったらしい。

生々しい尿臭が、歩樹の理性を崩壊させる。

「くあああっ、麻莉ちゃんの中に……出すよっ」

どく、どくりっ。

「はーん。熱いっ」

「おううっ、お姫様の……麻莉ちゃんのオマ×コを、僕に染めさせてっ」

最奥に牡のマークを刻む。

白濁の掃射を受け止めた膣道から、ぷふう、ぱふうっと淫らな空気漏れが聞こえてくる。最高のフィナーレだ。

「はひ……はううっ、イキすぎて、わかんなくなるぅ」

結合部からたらたらと白濁を漏らしながら、十二歳のお姫様は痙攣していた。

第四章　もうひとりのお嬢様

1

「ほら、今日はわたくしが取り調べてあげる……びくびくしちゃって」

麻莉はティアラを使ったお姫様プレイがいたく気に入ったようだ。

六年生の女子にとって、セックスしてほしいと男に頼むのは恥ずかしいのだ。かわりにティアラで髪を飾ることで歩樹に命令できる。

創業記念のプレゼントでティアラをくれたジュニアブランドの人々も、まさか少女が男を誘うために冠を使っているとは想像もしていないだろう。

麻莉のシナリオは、どんどんエスカレートする。

今日は、城に忍びこんだ敵国の兵士を取り調べる王女の役だ。

Tシャツの裾を伸ばしたような黒のカジュアルなワンピース姿だ。ズボンだけ脱いだ着がえ途中みたいなデザインで、ドキリとさせられる。

もちろん髪にはティアラを飾る。

普段はポニーテールにまとめている長い黒髪を、お姫様プレイのときにはストレートで垂らしているのが大人っぽい。

ベッドに腰かけて、裸足を伸ばした先に、歩樹が正座していた。

若叔父は全裸だ。両手は背中にまわして縛られている。拘束具は、麻莉がポニーテールに結ぶイエローの布リボンだ。

「う……くううっ、許して……王女様」

硬く勃起した牡肉の尖端を、やわらかな足の裏で擦られる。

「白状しなさい。ほかにスパイは何人いるの？」

にちゃっ、ちゅっ。

少女の土踏まずが先走りを亀頭の先に塗りひろげる。

手のひらとは違ってぎこちない動きなのがもどかしい。

「か……はあっ、言えませんっ」

麻莉が歩樹を責める設定だから、容赦してはくれない。

「おチ×チンから、いんらんなお露を漏らして……エッチねえ」

教えたばかりの、淫乱という言葉がお気に入りらしい。男に対しても使ってくる。卑語を発する唇の動きだけでも歩樹にとっては刺激になる。

「敵のくせに、わたしに取り調べをされて、どうして大きくしてるの？」

体操クラブで鍛えた十二歳のふくらはぎがきゅっと緊張する。

「くううっ、ああ……王女様っ、お許しをっ」

親指のつけ根で亀頭の裏を撫でられる。足の指がゆっくりと肉茎を滑り降りた。

（麻莉ちゃんの足責め……いやらしくてたまらない）

膝を開いた歩樹の、きゅっと縮んだ陰嚢を少女のつま先がくいっと持ちあげる。

「はあう……うっ」

皺袋をこりこり嬲《なぶ》られると、被虐的な快感が湧いてしまう。麻莉に支配されているという実感にぞくぞくする。

（僕にこんなマゾっぽい趣味があったなんて）

姪との同居生活がはじまったときは、自分にロリコンの気があるとは思ってもいなかった。今は被虐プレイで興奮している自分の姿が信じられない。

無防備な陰嚢をいたぶられると、勃起の先からうれし涙があふれる。

「白状しないと……もっと、情けない声をあげさせるわよ」

陰嚢をくにくにと揉みながら、妖艶な笑みを浮かべている。

声は少女のソプラノなのに、言葉は残酷なサディスト女の口調というアンバランスさに、歩樹の背中が震える。

「あうう……お許し……はあああっ」

懇願している最中に、悲鳴をあげてしまった。

麻莉の小さな足が会陰に入りこみ、蟻の門渡りをぐっと突きあげたのだ。

「は……はああっ、王女様……はふうっ」

息遣いも荒く悶える若叔父の股間を責める少女の足は、ついに尻の谷間まで届く。

「お尻をいじられて泣いちゃうなんて、いんらんで、情けないわね」

親指の先が男の肛肉に食いこむ。

「ひ……あああっ」

とろっ、とろりと肉茎を伝う大量の先走りが歩樹の陰毛を濡らし、しみひとつない、芸術品みたいな麻莉の足の甲を汚す。

「ふふ……おまえを足でイカせてみようかしら」

小学生の女子なのに、麻莉はすっかり支配者の風格だ。

成人男性、しかも血の繋がった叔父を陶酔させる、天性の黒プリンセスなのだ。

「はあぁ……だめだよ。ちゃんと……麻莉ちゃんを感じさせたい」

一方的に翻弄されるより、姪にも快楽を与えたい。

「そろそろリボンを解《ほど》いて。僕に、オマ×コをペロペロさせて……」

歩樹の懇願と同時に、部屋のインターホンが鳴った。

「……もうっ」

お楽しみを邪魔されて、麻莉が頬をふくらませる。

「大学の新しいテキストを頼んでたんだ。配達かもしれない」

再びインターホンが鳴る。よほど急いでいるのだろうか。

うしろ手に縛られた全裸で応対するわけにはいかない。リボンを解いてもらおうとするより早く、麻莉が立ちあがった。

「いいよ。あたしが受け取ってくる」

ティアラをはずし、頭を軽く振った。ストレートの髪がふわりと舞う。

男の性器を攻めていた素足にスリッパを履き、ぱたぱたと玄関に向かう。

「はーい」

歩樹のワンルームに、モニターなどという高級な設備はない。

身長が百五十センチ足らずの麻莉は、ドアスコープに届かないから、U字のドアストッパーをかけたまま応対する。

「ええっ……嘘っ」

麻莉の甲高い声が聞こえた。

(なんだ。どうしたんだ)

両手を縛られ、性器をまる出しにしたまま、歩樹は立ちあがる。

「ちょっと待って、奈緒実。すぐだから。ごめん」

焦ったような声に続いて、ぱたぱたと麻莉が戻ってくる。

「どうしよう……アユ兄、うーん、ええと……ここに入ってて」

小声で言うと、ワンルームの短辺に作りつけのクローゼットの扉を開ける。

「な、なんだよ」

貧乏な男子大学生に服の手持ちは少ないから、クローゼットは引っ越し以来そのまま、何個かの段ボールを突っこんだままだ。

歩樹はすき間に押しこまれた。

「体操クラブの、同じ学年の友だちが来ちゃった。裸はマズいから」

麻莉がアコーディオン扉を外から閉められる。

再び、ぱたぱたと足音が聞こえ、玄関のドアが開く気配が伝わってきた。

「ごめんね。ちょうど着がえてたから」

麻莉の声が焦っていた。

「ううん。私こそ、突然来ちゃってごめんなさい」

はじめて聞く声が続いた。

麻莉と同世代の少女のようだが、落ち着いていて低めの声だ。

(体操クラブの友だちが、どうしてウチに……?)

歩樹は手を縛られたままだから、アコーディオン扉に開いた換気用のルーバーからのぞくしかない。

「ちょっと狭いけど……入って」

黒いワンピースの麻莉に案内されて入ってきたのは、白のフリルつきブラウスに、ピンクチェックのショートパンツを穿いた少女だった。

片手にグレーのつばつき帽子を持っている。

いかにも育ちのよさそうな服装だ。

ウエーブがかかったツインテールの髪で、前髪もきれいに整っている。目尻が少し垂れぎみで、鼻と口がくっきりとしている。

着せかえ人形みたいにはっきりした顔立ちで、元気系の麻莉とはまた路線が違う、お嬢様っぽい美少女だ。

「ここが麻莉ちゃんの部屋？」

「うん。あたしと、その……親戚のお兄ちゃんの部屋だよ」

体操クラブの友だちにしては、奈緒実と呼ばれた少女の表情はやけに硬い。

ぬいぐるみの並んだソファに目をやり、続いて一つしかないベッドに顔を向けた。

「麻莉ちゃん、最近……どうしちゃったの？」

2

クローゼットに押しこまれた歩樹は、アコーディオン扉の通気ルーバーから二人の少女の様子を窺う。

「ずっと体操クラブに来ないから、心配していたの」

部屋を訪ねてきた、奈緒実という少女が切り出した。

「うーん、だって……パパもママもいないから、ちょっとサボっちゃおうって思っただけ」

麻莉がぺろりと舌を出す。

姉夫婦はもともとスポーツ好きで、娘にも本格的な体操を習わせていた。麻莉も体操が得意ではあったけれど、大会前提のハードな練習が続く今のクラブはあまり好きではないらしい。

歩樹との同居をはじめてから、なんだかんだと理由をつけて休んでいた。臨時とはいえ保護者の歩樹が、本来は通わせるべきだったのだろう。けれど「それよりアユ兄とエッチするほうが運動になるよ」なんて誘われてしまえば、もう止まらない。少女の計画どおり、ベッドの中で暴れているうちに数時間がたってしまう。

「私、心配だったの。麻莉ちゃんは例の……親戚のお兄さんと同居なんでしょう？」

奈緒実はいかにもお嬢様という雰囲気で、口調も丁寧だ。

歩樹は耳をそばだてた。例のお兄さんとは、自分のことに違いない。麻莉は体操クラブの友人になにを話していたのだろう。

「えっ……うん、そうだけど……別になにもないよ」

シングルベッドに腰かけた麻莉が、ちらりとクローゼットに目を向けた。

ここに隠れている歩樹を意識しているのだ。

「だって、前から言ってたでしょう。大好きなお兄さんと暮らすのが楽しみだって」

奈緒実の言葉に、麻莉の顔がかあっと赤くなった。

「それは……うん。大好きだし、仲よしだけど」

(うわ。恥ずかしいな。僕のことを前から大好きだなんて)

クローゼットの中で歩樹の体温があがる。だが全裸で、リボンで縛られたままだ。

奈緒実は立ったまま、部屋を見まわす。

男子大学生の暮らす殺風景なワンルームだ。

唯一おしゃれな雰囲気なのは麻莉が使うはずだったソファベッドだが、今はぬいぐるみの帝国になっている。

「麻莉ちゃんはどこで寝てるの」

「えっ、もちろんこのベッドだよ」

麻莉は座ったシングルベッドをぽんと手でたたいた。

「じゃあ……そのお兄さんは?」

「あっ……」

麻莉はしまった、という顔で黙った。

やんちゃで奔放な姪だが、叔父と同じベッドで寝るのはマズいとわかっている。

「アユ兄はアルバイトがあるし、あたしは早起きだし……寝る時間が違うから」

(麻莉ちゃん、その言い訳は苦しいよ……)

バレバレの嘘をつく麻莉に、歩樹は心の中で呼びかける。

「もし、そのお兄さんに変なことをされたら、私がご両親に伝えてあげるから」

奈緒実の言葉に、クローゼットの歩樹は動揺する。

(うわあ……僕たちは変なことをしまくってるよ)

麻莉は平然としている。

「変なことって、例えば?」

「えっ」

聞き返された奈緒実が動揺している。

「あの……身体を触られたりとか」

「あたしと奈緒実だって、クラブでいっしょにシャワーを浴びたり、触ったりするじゃない」

言いながら、麻莉は奈緒実の手を引っ張り、隣に座らせる。

二人の少女が、いつも歩樹と麻莉が裸で睦み合うベッドに座る。歩樹はなんだか恥ずかしくなる。

「……奈緒実にだけ教えてあげる」

麻莉がふふっと笑った。

ティアラをつけて、歩樹といけない遊びをするときの笑い方だ。

「あのね……アユ兄に触られるのって、とっても気持ちいいんだよ」

「でも……大人の男の人でしょう？　触られたりするのはいけないって……」

（あの子、なんだかもじもじして、脚をくねらせて）

奈緒実が麻莉を責めていたのに、様子がおかしい。

「前に教えてくれたじゃない。奈緒実だって、おっぱいを大きくしたくて、自分で触ってるって」

麻莉は秘密めかして語りかけながら、隣に座った少女の首に伸ばす。

「あ……あんっ」

同性の友人に首筋を撫でられただけで、幼いお嬢様が悲鳴を漏らした。

（おいおい。なんだか……エッチな雰囲気だぞ）

麻莉の手は奈緒実の肩を撫で、ブラウスの襟にたどり着く。

「今でも触ってるんでしょ。だから、奈緒実のおっぱいってこんなに……」

ブラウスのボタンをぷちんとはずすと、麻莉の手が前に滑りこんだ。

「は……あん、やだぁ……」

「自分で触るほうが気持ちいい？　あたしに触られるの……いや？」

「いやじゃ、ないけど……」

ブラウスが左右に割れて、現れたのは純白のスポーツブラだ。

飾りのないシンプルな下着だ。けれど、歩樹はそのふくらみに目を奪われる。

麻莉は先ほど、奈緒実は同じ学年だと言っていた。だが、奈緒実の胸は小学六年生とは思えないほど発達している。

子供向けのスポーツブラとしては限界までカップが大きいのではないだろうか。ランドセルのストラップなど弾けてしまいそうな乳房だ。

「うふ。また大きくなったんじゃない？」

その大きなカップを麻莉の小さな手が、くにっ、くにっと揉む。

「あ……あん」

奈緒実はうつむいているが、抵抗はしない。麻莉に胸を揉まれるのがはじめてではない様子だ。

「もう……奈緒実ったら。高学年になったらやめるって約束だったのに。またあたしに触ってほしいの？　昔から、スーパーエッチなんだから……」

十二歳の姪が、楽しそうに同性の乳房を揉む。

（うおっ、これは……とんでもないぞ）

麻莉は、通気ルーバーから部屋がのぞけるとは知らなくても、歩樹が会話を聞いているることは想像できるはずだ。それでも秘密の行為を続けている。

ついにブラウスのボタンがすべてはずれた。

麻莉がブラウスの袖を引くと、奈緒実は逆らわずに肩を動かした。

スポーツブラ一枚の上半身は、もう大人の雰囲気だ。

「奈緒実はスーパーエッチだから、自分のおっぱいや……もっとすごいとこを触ってるんだよね？」

友人をからかうふりをして、クローゼットの歩樹に説明している。

「あーん、言わないで」

麻莉の残る手が、スポーツブラの裾から潜りこむ。しばらくもそもそと指が動く。

「ねえ、直接……触ってあげようか」

「は……あうう、恥ずかしいよう」

だが、奈緒実はいやだとは言わなかった。

麻莉の両手がスポーツブラの裾をつかんで引きあげる。

バンザイする格好で、育った胸が変形する。

「あっ……奈緒実ったら」

麻莉が途中で手を止める。

「エッチなことばっかしてるから……ふふ、腋にもちょっぴり毛が生えてる」

歩樹からは見えないが、麻莉が同性の腋にふうっと息を吹きかけた。

「は……あああっ、いやあん」

奈緒実はくすぐったがっているだけではなかった。明らかに性的に興奮している。

「……っ」

歩樹は思わず息を漏らしてしまった。クローゼットの中の観客は、ベッドではじまった少女のレズビアンショーに夢中になる。

(くうっ、勃ちすぎてつらい。手が動くなら、チ×ポをしごきたいのにっ)

朝から麻莉の足コキで焦らされた肉茎は、先走りをたらたらと垂らしっぱなしだ。

(麻莉ちゃん……前から奈緒実って子と、エッチなお遊びをしていたのか)

「うふ、もっといじめちゃうからね」

麻莉がスポーツブラを一気に引き抜いた。

「ひゃっ、麻莉ちゃん……」

まる出しになった奈緒実の乳房は、麻莉とはまるで違っていた。

(なんておっぱいだ)

大人の乳房は重力に引っ張られて天地や左右は非対称になる。だが、奈緒実のバストは完全な半球だ。内側からの張りが強すぎて、垂れたり揺れたりしないのだ。コーンに乗せたアイスクリームを思わせる。

まんまるバニラアイスのてっぺんで、ぷっくりと濃い桃色の乳首がとがっている。乳首がはっきり色づいているのに、乳輪が極端に小さい。

おっぱいをかたどったお菓子みたいに現実味がない。

「わあ……スーパーエッチな奈緒実のおっぱい……」

麻莉がくにっと乳房をつかむ。五指が沈む。第二次性徴はじめの麻莉の胸はまだ硬いが、成長した奈緒実の乳房は、すでに大人のようなやわらかさなのだろうか。

「んっ、だめえ……いたずらしないで……あんっ」

言葉ではいやがっているのに、おっとりしたお嬢様ふうの奈緒実の顔はすっかりとろけ、麻莉の愛撫に身体を任せている。

「先っぽもつんつんしてる。ひょっとして……ミルク、出ちゃうんじゃない？」

「そんなこと……ないよぉ」

奈緒実は泣きそうになって抗議する。けれど麻莉の指がサクランボの種みたいにとがった乳首を摘むと、はんっと叫んでのけぞった。

「うふ。試してみようか」

麻莉がぺろりと唇を舐めた。

(まさか……まさかっ)

歩樹はルーバーに顔を寄せる。一ミリでも近くで少女たちの行為を凝視したい。

視線の先では、小学生二人のレズプレイがさらに過激になっていく。

麻莉は奈緒実の両肩をつかんで、自分の側に引き寄せる。

ぷくんとふくれた乳首に、そっと唇を合わせたのだ。

「んふ……奈緒実のミルク……」

ちゅっ、ちゅっとかすかな水音が聞こえた。

「ああんっ、麻莉ちゃんに先っぽ……吸われてる。あーん、ママになっちゃう」

悶える奈緒実の身体が汗で濡れ光っている。

クローゼットの中にも、甘酸っぱい少女の体香が漂ってきた。二人分だ。微妙に違うロリータアロマのミックスが、歩樹の脳を直撃する。

奈緒実の半球バストにむしゃぶりつく麻莉の頭が左右に揺れる。

「んふ……奈緒実のおっぱい、ちょっとしょっぱくて、うーん、おいしいかも」

「いやあんっ、ちろちろしないでぇ」

身長は奈緒実のほうが低いが、乳房はもちろん、肩や腰まわりの肉づきも大人っぽく、まるみを帯びている。

友人の乳首をちゅっと吸っていた麻莉が顔を離す。

「奈緒実ったら、どうしてお尻がもじもじしてるの。トイレに行きたい？」

麻莉は、奈緒実のピンクチェックのショートパンツの上から下腹をさする。

「うう……いじわる。麻莉ちゃんだって女の子だから……わかるでしょう？」

はあ、はあと息を漏らしながら奈緒実は恨めしそうに瞳を潤ませる。

「わかんない。じゃあ……どうなってるか、教えてくれる？」

ショートパンツのウエストに麻莉の指がかかった。

「えっ、や……だめだよぉ」

上半身裸の奈緒実はうろたえる。

裸足のつま先がきゅっとまるまって、フローリングの床をとん、とんとたたく。

（興奮してるんだ。きっと、オマ×コも……）

歩樹は少女たちの恥戯に息をするのも忘れ、見入っている。

「クラブのシャワーでは見せてくれたよね。ここを触ると気持ちいいの、麻莉ちゃんもやってみて、って。あたし、一人でするのを奈緒実に教えられたんだよ」

「やーん、あんなの……低学年のときじゃない。今は……恥ずかしい」

二人の内緒の行為は、最近はじまったものではないらしい。

「何年も……奈緒実のここ、見てないよね」

麻莉の指がゆっくりとウエストから内側に侵入する。

(麻莉ちゃん、いけ。そのまま脱がせるんだ)

いつの間にか、歩樹は姪の手を応援していた。

「は……あんっ」

びくんと奈緒実が背中を反らす。

ぷるんと揺れる半球の乳房が、唾液で光っていた。

3

「やっぱり……ぐっしょり。奈緒実ってスーパーエッチだもんね」

シングルベッドに並んで座る小六少女たち。

Tシャツの裾を伸ばしたような、黒いワンピース姿の麻莉が隣の少女のショートパンツに、ウエストから手をさしこんでいる。

「うふ……恥ずかしいよぉ……あーん、麻莉ちゃんの指が……」

上半身裸で、育ちのよいバストをぷるぷる震わせる奈緒実は、友人にショーツの中まで探られ、顔を真っ赤にして悶えている。

（くうっ、たまらないっ）

クローゼットから二人の秘戯をのぞく歩樹は、もう我慢の限界だ。

先走りまみれの肉茎は爆《は》ぜそうなほど充血し、刺激を求めて亀頭を振りまわす。陰嚢がきゅんきゅんと縮んで、早く射精してくれと訴えている。

けれど手を背中で縛られていて、自慰すらできない。

手首に結ばれているのは、麻莉がふだん髪をまとめているイエローのリボンだ。

大人の力で思いきり引っ張れば、ちぎれないまでも手を抜くことはできるだろう。

だが、麻莉が大事にしているリボンを傷《いた》めることはできない。

十二歳の姪が自分を拘束した薄布は、鎖よりも絶対の効力を持っている。

くち……ちゅく。

ワンルームのベッドからは、かすかな水音が聞こえてくる。

(麻莉ちゃんが、同じ歳の友だちのオマ×コをいじってる……)

倒錯的な景色を細長い通気ルーバーから必死になってのぞく。

麻莉はクローゼットに押しこめた若叔父に見せつけるように、奈緒実の脚を持ちあげた。太ももが汗で光る。ピンクの生地が少女の股間に食いこんでいた。

ぴんと張った生地の中で、麻莉の指がもぞもぞと動いている。

「ん……はう、やだ……動かさないでぇ」

両脚をばたつかせるけれど、奈緒実は完全に逃げようとはしない。

何年も前から互いに自慰のやりかたや、性的な秘密を明かし合ってきた親友の麻莉は、奈緒実の性感帯を知っているのだ。

「ねえ、ショーパン、じゃまだよね」

返事を待たずに、麻莉の指がぷつんとボタンをはずした。

「あっ、あーん、だめ……汚れてるから」

だが麻莉の手が先んじて、ショートパンツを下ろしてしまった。

すでに脱がされたスポーツブラとは違う、グレーの女児下着があらわになる。

ブラジャーとショーツのデザインが揃っていないのが、乳房だけが先に育った第二次性徴期の少女らしい。

「うふ。これでもっと楽に……してあげられる」

ショーツの中で、麻莉の指が動いていた。

麻莉はショートパンツと下着のあいだではなく、ショーツの中で、直接友人の性器をまさぐっていたのだ。

「いやん、やんっ」

指の動きに合わせて、奈緒実は短い悲鳴をあげる。

「ほら……くちゅ、くちゅ……エッチな音だね」

麻莉はベッドに座る奈緒実にしなだれかかって、ささやいている。

「ひっ、だめ。ぐっしょりだから、汚いよぉ」

「そう？　じゃあ……奈緒実も触ってよ」

手を引っこめると、麻莉は自分のワンピースの裾に手を入れて、すっと服を脱いでしまった。

現れたのは、生まれたままの姿だった。

(麻莉ちゃん……下着をつけてなかったのか)

朝から麻莉は、歩樹のペニスを足でいじめて楽しんでいた。

八歳上の若叔父だけを裸にしていたのだが、そのときからワンピースの中はまる裸だったのだ。

黒くて厚めの生地だから、ぽつんととがった乳首も目立たなかったらしい。

「ああん……麻莉ちゃん」

全裸の友人に驚いて、ショーツ一枚の奈緒実が唇をわななかせる。

「あたしも……ぐっしょりだから、確かめて」

手首を握られ、麻莉の秘部に導かれる奈緒実の瞳は発情にとろけている。

「指……くちゅくちゅして」

幾度も歩樹のペニスや舌を受け入れてきた無毛の幼裂に、同性の指が忍びこむ。

「ふあ……麻莉ちゃんの中、熱い」

「ねえ、いっしょに……いじろう」

麻莉もまた、奈緒実のショーツのウエストに手をさしこむ。

「うん……でも、私も脱ぎたい……」

奈緒実が自分で言い出した。

ずっと麻莉は、彼女をスーパーエッチとからかってきた。

おとなしいお嬢様に見えて、体操クラブのシャワー室では女子同士で秘密の行為をたくさん経験してきたのだろう。

麻莉はくすくす笑いながら、グレーのショーツを引き下ろす。

にちゃ……っ。

粘性の音がクローゼットの中にまで聞こえた。

「やだあ。すごい……お漏らしみたい」

麻莉がのぞいている歩樹に見せつけるように、ショーツを裏返した。

奈緒実の女児下着には、大きな舟形の染みができていた。

「あーん、ひどい。私だって……お返しさせてほしいのに」

奈緒実が下着をひったくって、目の届かない場所に投げ捨てると、隣に座った麻莉の股間に、手をぎゅっと沈める。

「はああんっ」

甘いソプラノ。歩樹にはわかる。麻莉が感じているときの声だ。

「麻莉ちゃんだって、とろとろじゃない。私ばっかりエッチな子扱いして……」

くち、くちゅうっ。

麻莉の姫口が、透明な花蜜をあふれさせていると音でわかる。

「違うもん。あたしより……奈緒実のほうが、もっと濡れてるんだから」

二人の腕がクロスして、互いの性器をまさぐっている。

「あっ……奈緒実ちゃんのここ、腋と同じで、ちょっとだけ毛が生えはじめてる。うらやましいな……おっぱいも大きいし」

麻莉は成長の早い友だちの身体を、すみずみまで撫でまわす。

「はあんっ、エッチなとこの毛、大事なのに……引っ張らないでぇ」

麻莉のロリータらしい無毛恥丘に惹かれる歩樹にはわからないが、思春期女子にとっては発毛こそが大人になる勲章らしい。

(くうう、小学生女子の触り合い……なんていやらしいんだ)

二人の体温でワンルームが蒸れて、熱帯のジャングルのようだ。

おかげでクローゼットの中は地獄だ。手の自由を奪われて座ったまま、歩樹の肉茎はだらだらと悔し涙を流しつづける。

「あっ、あん……奈緒実がここをひろげて見せてくれたの、三年生の頃だよね。昔よりずっと、ふくらんで、やわらかい。ぬるぬるして……あたしの指がふやけちゃう」

歩樹に聞かせるように、姪が友人の膣口の様子を語る。

「んはああ、指……麻莉ちゃんの指、すごい。私が触ってほしい場所をいじってくれて……ん、んん、んんんっ」

奈緒実は鼻声になってベッドをきしませる。

「はあああっ、いいっ、いやあっ、私……自分でするより気持ちよくなってる」

最初は互いの恥溝を探っていたのに、歩樹とセックスの経験を積んだ麻莉の指戯に翻弄されるうちに、奈緒実はすっかり受け身になってしまった。

「ねえ……指だけで感じるなら、さっき……おっぱいにしたみたいに」

ツインテールの髪からのぞく耳に、麻莉が湿った声を注ぐ。

「奈緒実のここを舐めてあげたら、どうなっちゃうかな」

「ひっ……」

奈緒実はびくんと全身を震わせる。

「だめよ。女の子同士は、触るまでって決めたんだから」

お嬢様はぶんぶんと首を横に振って、欲求に打ち勝とうとする。

「麻莉ちゃんとしてるのは、将来の……男の子とする練習だから……」

(なるほど。エッチの練習ってわけか)

肉体的に刺激を求めてはいても、二人に同性愛的な恋愛感情はないらしい。

麻莉が、くすりと笑った。歩樹にお姫様、あるいは女王様モードで接するときの、いたずらを思いついたときの笑いだ。

「だったら……男の人に舐められる練習にしようよ」

裸の麻莉が、ベッドのヘッドボードに手を伸ばした。

取りあげたのはきらきら輝くティアラだ。

「わあ、きれい。お姫様みたい。でも……どうするの？」

裸になってレズプレイに興じているとはいえ、奈緒実も小学生なのだ。輝くティアラに憧れの目を向ける。

ティアラを頭につけた、裸のお姫様が優雅に立ちあがる。

「アユ兄に手伝ってもらおう。奈緒実が、男の子とする練習……」

「えっ」

奈緒実の驚きは、そのまま歩樹の驚きでもあった。

「アユ兄って……麻莉ちゃんがいっしょに暮らしてる、親戚のお兄さんだよね。どうして……」

動揺する奈緒実を置き去りにして、麻莉がクローゼットの前に立つ。

「きっとアユ兄だって、あたしたちの仲間に入りたくて、ワンちゃんみたいに涎を垂らしてるはずだもん」

がらりと、アコーディオン扉が開いた。

一気にクローゼットの中が明るくなり、裸の姪が逆光を浴びてシルエットになる。

頭のティアラに埋めこまれた無数の人工宝石がきらきらと輝く。

「ひいっ、お兄さんに、私たちのエッチなとこ……見られてたのっ。やだあっ」

秘密のレズプレイを終始のぞかれていたと知って、奈緒実は悲鳴をあげる。

「大丈夫だよ。絶対に秘密にする。だってアユ兄はあたしに逆らえないもの」

麻莉は飼い犬をかわいがるみたいに、歩樹のあごをすりすりと撫でる。

「うう……麻莉ちゃんっ」

うしろ手に縛られたまま、歩樹はうめく。

「涎を垂らしてたのはアユ兄だけじゃなく、アユ兄のおチ×チンもだけどね」

正座していた歩樹の太ももやクローゼットの床は、大量の先走りでぬらぬらと光っている。肉茎はびくり、びくりと痙攣しながら、限界まで膨張していた。

4

「あーん、やだあ……恥ずかしい」

奈緒実が裸身をくねらせる。

「じゃあ……やめちゃう？　せっかくアユ兄が、男の子とエッチするときの予行練習をしてくれるのに」

六年生にしては幼い丸顔とはアンバランスな、ボリュームのある乳房を揺らす奈緒実を、細身の麻莉が背後から支える。

二人の少女はベッドの上にいる。

奈緒実の両脚だけが、ベッドの角から降りている。

子供体形の姪とは違い、奈緒実はふっくらと女らしい身体つきだ。

床に座った歩樹の視線は、ちょうど奈緒実の股間と同じだ。

(くうっ、二人の女の子が目の前で……天国のはずなのに、生殺しがつらいっ)

歩樹の両手は背中にまわり、麻莉のリボンで縛られたままなのだ。

「アユ兄のペロペロ、とっても気持ちいいんだよ。ちょっとだけ試してみて」

奈緒実の背中を支えながら麻莉がささやく。

(貸し出しだなんて、まるで僕をペット……いや、モノ扱いじゃないか)

不満ではない。なにしろ姪公認で、新鮮ロリータの純潔性器を味わえるのだ。

問題は手も、そして性器も使えそうにないことだ。

(でも、うまくいけば麻莉ちゃんにリボンを解いてもらって……そしたら、思いっきりエッチしてやるっ)

小学生のレズプレイをのぞきながら射精もできないまま、二時間近くクローゼットで放置されていたのだ。

「あの……奈緒実ちゃん、僕も約束する。秘密は守るし、いやなことは絶対にしないよ。麻莉ちゃんの言いつけどおりに動くだけだから」

犬が尻尾を振ってねだるみたいに、歩樹はペニスをぶるんと振って、この場を仕切る姪にアピールする。

自己紹介どころか、麻莉の叔父だということも伝わっていない。

裸でクローゼットから転がり出た男と、女友だちと性器をまさぐり合っていた少女だ。互いに恥ずかしさは限界だから、会話をする余裕がない。

「うう……でも、大人の人に、私の……ううっ、恥ずかしい。男の人の裸だって、はじめてなのに、ドキドキしすぎて……」

初対面の奈緒実はもじもじと言葉を濁す。

「ふふ。嘘つき」

背後から麻莉が、親友の乳首をつまんだ。

「はんっ」

「体操クラブでのぞきしてた中学生を捕まえたとき、あたしが先生に届けようとしたのに、精子を出すところを見学させてくれたら忘れます、って迫ったのは奈緒実じゃない」

成長期の半球おっぱいをぎゅっと握って攻め立てる。

(そうか。麻莉ちゃんが男子中学生にオナニーをさせたときの友だちって、奈緒実ちゃんだったのか)

名前に聞き覚えがあった。

姪との同居がはじまってすぐ、歩樹に自慰を強要したときに聞いたエピソードだ。

その中学生は結局射精できず、奈緒実はオシッコをしなさいと命じたはずだ。

「うう……あれは、忘れて」

「それに……さっきから、ずーっとアユ兄のおチ×チンを見つめてる。スーパーエッチな奈緒実だから、きっと……アユ兄の射精も見たいんでしょ？」

無知なお嬢様も、男の身体や性には興味津々なのだ。

(麻莉ちゃんに「スーパーエッチ」って呼ばれるだけあるな。むっつりスケベな女の子か。なんだか……興奮するな)

興奮を隠せずに、とろりと先走りがこぼれた。

「はあ……お兄さんの、出てるぅ……」

奈緒実は肉茎を凝視して唇を震わせる。

「アユ兄が、奈緒実の……いんらんなところを想像して、エッチになってるんだよ」

麻莉は淫乱というお気に入りの単語を奈緒実の耳に吐息といっしょに吹きこむ。

「そうだよ。僕も……奈緒実ちゃんのことを感じさせたい。もちろん……本気のはじめては大好きな相手にとっておいて。僕はその練習台なんだ」

処女の奈緒実に、ペニスを使って欲望を満たすようなことはしないと伝える。

「う、うん……」

逡巡を続けていた奈緒実が、ゆっくりと膝をひろげていく。

会ったばかりの大人の男に性器を見せるなど、奈緒実の世界ではありえない行為だろう。恥ずかしい以前に恐怖すら感じるはずだ。

けれど、相手の歩樹は全裸で、おまけにうしろ手に拘束されている。

歩樹が口以外、なにも使えない情けない姿だからこそ、安心してオモチャ扱いしてもらえるのだ。

「痛くて、いやになったら……やめてもらえますよね？」

「もちろん。奈緒実ちゃんの、大事なところだもの。大切にするよ」

奈緒実の顔に、ようやく笑顔が浮かんだ。

「もっと大きく開かないと、ペロペロしてもらえないよ」

麻莉は背後から腕をまわし、両手で奈緒実の内ももをぐいっと開いた。

「はああん……ぱっくり開いちゃうぅ」

（人生で二人目のロリータオマ×コっ）

歩樹は目をくわっと見開いてしまった。

やわらかそうな太もものあいだに、色が濃いめの幼花が咲いている。

麻莉が指摘していたとおり、目を凝らすと恥丘には十数本の、極細の絹糸みたいな春草が芽生えていた。まだ長さは二センチほどだ。

「鏡で見たことはあるんです。変なかたちですよね……ふにゃふにゃしてて」

女の子同士で比較する場所ではない。むしろ、麻莉の性器を目にしている歩樹に尋ねてみようと考えたらしい。

無毛の恥毛の下に刻まれた渓谷は深めだ。大陰唇がふっくらと育っている。

その中央には、ストロベリーアイスみたいにおいしそうなピンクの陰唇がちょろりと顔を出している。

麻莉との指遊びで刺激された姫口は控えめに割れて、透明な花蜜がたっぷりとまぶされている。

「く……ううっ、すごくきれいで……エッチだよ」

「あう……よかった」

両親をはじめ、奈緒実の子供性器を見た人間はすでにいたはずだ。

恥毛が生え揃い、大人になった性器を見る恋人や夫も、いつかはできるだろう。

けれど、少女が子供から大人に変わるはかない分岐点、ほんの一瞬の花芯の様子を見られるのは、たぶん歩樹一人ではないか。

白い平原にたなびくかすかな煙みたいに繊細な景色を、歩樹は目に焼きつける。

視覚だけでは物足りない。

子供の高めの体温が両頬に伝わるまで顔を寄せ、こもった湿気を鼻腔に満たす。

「はあう、お兄さん、顔が近いです……」

同じ六年生なのに麻莉とはまるで違う、元気な猫みたいに動物的な香りだ。

香ばしさの中に、アンモニアの刺激と、シナモンみたいにねっとりとした甘さが混じっている。甘酸っぱくて軽い麻莉の膣アロマとは違って、軽く吸っただけでも脳が痺れそうな強さがなんとも蠱惑的だ。

鼻腔だけではもったいない。肺まで少女の香りを満たす。

「きらきら光って、すてきだよ、奈緒実ちゃんっ」

感嘆していると、ベッドの上から麻莉が首を伸ばす。

「もう……あんまりきれいだって連発されると、あたしの……オマ×コがきれいじゃないみたいだよぅ」

麻莉が放った単語に、奈緒実が反応した。

「あん……エッチな言葉。麻莉ちゃん、もう一回、言って……」

「ふふ、何度でも。オマ×コ。奈緒実のオマ×コ。アユ兄に舐められたくてぐっしょぐしょのオマ×コ……」

「ああ……」

卑語をささやかれるたびに、ピンク色の姫口がきゅっ、きゅっと収縮する。

膣道がほころんで、とろりと花蜜があふれてきた。

（奈緒実ちゃん、本当にエッチなことで頭がいっぱいなんだな）

少女の処女地を視覚と嗅覚で楽しんだら、残るは触覚と味覚だ。

「いくよ。奈緒実ちゃんを……ペロペロさせて」

唇をとがらせて、桃色の姫口にキスした。

「はひ……チューされてるぅ」

唇が触れただけで全身をびくんと痙攣させた。

「ふふ。アユ兄の口、やわらかいでしょ」

少女の秘唇に重ねた唇が、とろり、とろりと花蜜で濡らされる。

舌先で、処女蜜をすくってみた。

「ん……はあっ、じんじんするぅ」

奈緒実の花蜜は、香りから想像したとおり野性的な味わいだった。

麻莉の花蜜どころか、小水よりもずっと塩味が強い。

「く……ううっ、奈緒実ちゃんのオマ×コ、おいしいよっ」

舌を突き出すと、まずは膣口を囲む陰唇の溝だ。

まさか男に性器を舐められるなど夢にも思わなかったはずだ。

ヨーグルトみたいな、白い少女のエキスを恥溝からすくう。

ねっとりと舌にからむ鉄の味が、男の欲情をかきたてる。

ぴちゃ、ぴちゃと猫がミルクを飲むような音が奈緒実の膣口を震わせる。

「は……あんっ、エッチな音がするぅ」

奈緒実は股間に埋まった男の顔を、太ももで挟んで悶える。

だが歩樹は両耳をきつくふさがれても、小刻みなクンニリングスで奈緒実を追いつめる。

「アユ兄のペロペロ、気持ちいい？　なんか……あたしのときより念入りみたい」

あまりにも歩樹が処女を感じさせているせいか、麻莉が嫉妬したように頬をぷうっとふくらませる。

「ああっ、お兄さん……私のあとで麻莉ちゃんにも……してあげてください」

奈緒実は快感を求めてさらに脚を開く。

「う……ああっ、奈緒実ちゃんの身体の奥まで見えるよっ」

多彩なピンクの粘膜が重なった膣道は、まるで磨いたサンゴで作られたみたいに照り輝いている。

舌を伸ばして、ゆっくりと処女地に沈める。

「はあっ、入ってくるぅ……」

処女の狭隘な秘孔であっても、すっかり潤っているから舌ともなじむ。

「んく、麻莉ちゃんの指より……やわらかくて、くにくにして……気持ちいいっ」

麻莉に背中を預けた奈緒実が腰を浮かせ、かくかくと振りはじめた。

「やっぱり舐められるの好きでしょ。奈緒実のおっぱい、すごくとがってる」

「はううっ、麻莉ちゃん、胸を揉まないで。変になっちゃう。ああっ」

歩樹の舌にとろけ落ちる、新たな蜜の温度がどんどんあがり、味も濃くなる。

「ん……くぅ、奈緒実ちゃんのオマ×コがひくひくしてる……」

舌を出し入れしながら、上唇を陰裂の上流に向ける。

目に見えないほど小さな陰核にも軽い刺激を与える。

「は……ああん、ぴりぴりする。好き、お兄さんのお口、好きです」

「んく、ああ……奈緒実ちゃんの奥からとろとろ、おいしいジュースが出てきたっ」

手が自由なら指で陰裂を割り、むき出しにした真珠を舐めただろう。けれど手が使えないからこそ、舌や唇というやわらかな部位だけの愛撫が少女には好まれた。

「すごい……アユ兄の舌で……イクになっちゃいそうだね……」

イクという単語に奈緒実の身体がびくんと反応した。

クローゼットで聞いた会話から察すると、奈緒実は指遊びの経験が豊富らしい。

(もしかすると、オナニーでイッた経験があるのかもな)

処女だからこそ、クリいじりで絶頂するかもしれない。

舌で膣口の浅瀬を探りながら、唇をとん、とんと雛尖に当ててやる。

「あーん、お兄さんの舌にいじめられちゃう。自分でするより……きんきんするぅ」

わずかな突起を上唇でやさしく押さえてやると、奈緒実は腰を振って悶えはじめた。

舌をねじって、姫口の縁を丹念に舐めつづける。

ちゅく、ちゅぷぅ。

二十回ほども舌を往復させると、奈緒実の膣口がじわっ、じわっと締まった。

(イク合図だっ)

刺激を強くはせずに、一定のペースで膣口を舌で突く。

「はひぅ、はひ……お尻が浮いちゃう。やん、私……スーパーエッチになってるぅ」

つま先をまるめ、尻を上下に揺らして舌戯に夢中だ。

「んくっ、イッてごらん。奈緒実ちゃんが、イクところ……見せてっ」

花蜜にまみれた舌を抜きさししながら、膣道に声を響かせてやる。

「ひ……ひいいっ、すごいの。気持ちよくて飛んじゃうっ」

浮いた尻が無意識に震えはじめた。

「く……はああっ、イッちゃう。私……お兄さんにイカされますっ」

ちゅくっ、じゅぷぅっ。

小六の処女が、見事なイキ汁をこぼしながら絶頂する。

びくん、びくんと背中が痙攣するのに合わせて、早熟な乳房がぷるりと揺れる。

「ひ……あう、あううぅ……こんなの……癖になっちゃうよぉ……」

声がかすれるほどの快感に身体をねじり、汗まみれの脚をばたつかせる。

まるめたつま先が歩樹の肩をたたいた。

「うう……あたしも……スーパーエッチになっちゃうかも……」

奈緒実の背後に座った麻莉も、せつなげに瞳を潤ませる。

三人の激しい息遣いと吐息の湿気がワンルームにこもる。

ゆっくりとした時間が流れた。

麻莉がベッドを降りると、歩樹の背後にまわった。

手首を縛ったリボンを解いてくれる。

「ねえ、アユ兄、あたしから……プレゼントがあるんだけど」

お気に入りのイエローのリボンを、しゅるりと伸ばして歩樹に示した。

第五章　二人でくちびる奉仕

1

スマートフォンの画面が明るくなった。
――もうすぐ帰るね。アユ兄は服を脱いで、玄関で待ってて。
歩樹がずっと待っていたメッセージだ。
「く……うぅ」
歩樹は忠実な犬が飼い主に命令されたように飛びあがって全裸になった。
（やっと……楽になれるっ）
麻莉と奈緒実、二人の少女と一日を過ごしたあと、手を縛ったリボンは解いてもらえたが、射精は許されなかった。

歩樹は悶々として一夜を過ごしたが、麻莉は、親友の奈緒実とのレズプレイですっかり満足したのか、早寝してしまったのだ。

朝、寝不足の歩樹を前に、麻莉はさっさと出かける用意を整えた。

「今日は登校日だけど、授業はないから午前中で帰ってくるね」

出かけるときはいつもポニーテールなのに、今朝は髪を下ろしたままだった。

「あのさ、麻莉ちゃん……」

ずっと勃起したままの若肉を持てあましていた歩樹がすがるような視線を向けると、
麻莉はふふっとお姫様モードの笑みを浮かべた。

「昨日から放っておいたもんね。ごめんね。さあ、おチ×チンを出して」

やさしげな麻莉の言葉に、歩樹は満面の笑みで部屋着のスウェットパンツを脱ぎ、ギンギンに勃起したままの肉茎をさらした。

(ああっ、出させてもらえる。手コキでも……いや、いっそオナニーを命じられたっていい。射精できるなら……)

同居生活のあいだに、すっかり歩樹は麻莉のペットになってしまった。

朝、家を出る前に麻莉はくすりと冷笑した。

「あたしの留守に、自分で出しちゃったら……許さないから」

歩樹の心を見透かさしたように宣言して、ポケットからイエローのリボンを取り出した。普段は髪をまとめるため、そして昨日は歩樹の手を縛った艶《あで》やかな拘束具だ。

「えっ、ちょっと……麻莉ちゃんっ」

幅広のリボンを、陰嚢の奥できゅっと一巻き。

「あうっ、あうう……苦しいよっ」

続いて勃起した竿の根元に一巻き。

「くううっ、ひどい。ああぁっ、チ×ポがきついっ」

そして二個の睾丸のあいだをきゅっと引き絞った。

「アユ兄のおチ×チン、苦しくてぶるぶる……ふふ。先っぽから涙が出てる」

最後には、牡バナナを飾るみたいに蝶結びを作ってしまったのだ。

「帰ってきたらすぐにアユ兄のミルクを搾ってあげる。いい子にしててね」

残酷なプリンセスは、若叔父に言い残すと、赤いランドセルを背負ってさっさと部屋を出てしまった。

午前中の数時間、歩樹は股間の違和感にずっと苦しんだ。

リボンで縛られた勃起は休まらないし、輸精管が圧迫されているから先走りすらごく少量しか漏らせない。

何度もリボンを解いて自慰をしようと思った。けれど、麻莉にバレるのはいやだ。姪の言いつけに背いて射精して、ただ軽蔑されるならまだいい。歩樹にとって最悪なのは、麻莉が自分への興味を失ってしまうことだ。

ついにリボンを解くこともできず、うめきながら待ちつづけたのだ。

再び麻莉からのメッセージが届いた。

──今、玄関の前。ドアを開けて。

インターホンを鳴らすのでもなく、なぜか歩樹に命じてきた。

歩樹に余計なことは考えられない。

二十歳の大学生が全裸のまま、リボンを巻いた勃起もまる出しという、異様な姿のまま玄関に向かう。

涎を垂らさんばかりの勢いでドアのロックをはずした。

「麻莉ちゃん、お帰りっ」

外界からの陽光が玄関に注ぐ。

「きゃっ」

ドアの外にいたのは麻莉だけではなかった。

「わっ、奈緒実ちゃんまでっ」

昨日、歩樹のクンニリングスで絶頂してくれた、お嬢様小学生が立っていた。

「びっくりした……お兄さん……」

全裸で現れた歩樹の姿に、ドアの向こうで唖然としている。

今日の奈緒実は制服姿だ。

ツインテールの黒髪が垂れた白い半袖のブラウスに、ネイビーとグレーのストライプネクタイ。ブラウスの胸には、地域でも屈指のお嬢様学校の校章である、蔦がからまったペンのエンブレムが刺繍されていた。

下半身はネイビーの膝丈プリーツスカート。ぴっちりとプレスが利いている。

白のソックスとブラウンのローファーもきちんとした制服に合っている。

「あはは。二人とも……素っ裸以外を見るのは、はじめてだもんね」

奈緒実のうしろから、麻莉が顔を出した。

「せっかく奈緒実が遊びに来てくれたのに、アユ兄がヘンタイでごめんね」

姪は私服だ。英字のプリントとワッペンを散らしたホワイトのTシャツに、藤色のミニスカート。黒のハイソックスに白のスニーカーを履いている。

「くうっ、麻莉ちゃんが裸でいろって言ったんじゃないか……」

歩樹はワンルームの狭い玄関であとじさりする。

名門小学校のお嬢様と、元気系の姪。二人の小学六年生が、歩樹を追いつめるように入ってくると、静かにドアを閉めた。

鍵をうしろ手にかける麻莉たちの前で、歩樹が身につけているのはペニスに巻いたリボンだけ。成人男性の、というより人間としての尊厳すら失った情けない格好だ。

奈緒実がくすくす笑いはじめた。

その視線はリボンで飾られた男根にまっすぐ向いていた。

「でも……お兄さんがエッチな格好で、うれしいです。大人っぽい服を着てたら、私はまともに話せませんから。本当に、アレを……触ってもいいの？」

昨日会ったばかりの清楚美少女は、歩樹にではなく、隣の麻莉に尋ねる。

「いいよ。おチ×チンって硬いままだと苦しいんだって。かわいそうだよね」

麻莉の言葉に励まされたように、奈緒実は靴も脱がずに玄関にしゃがむ。制服のスカートがまくれて、少女から大人にふくらみつつある太ももが半ばまで見えた。

「ああ……昨日から、ほんとは……触りたかったの」

おずおずと手を伸ばすと、肉茎の半ばをやさしくつかんだ。

「はあうっ」

軽く握られただけでも強烈な快感だった。刺激に飢えていた歩樹は腰を突き出す。

「うう……痛いですか。はじめてだから……わからなくて」

男の反応の大きさに、奈緒実は唇を震わせた。

「大丈夫。アユ兄は喜んでるだけだよ。もっと強く握って、動かしてあげると……もっと面白いから」

歩樹が答える前に、麻莉がアドバイスする。

きゅ……きゅっ。

やわらかくて汗ばんだ手が肉茎を握り直し、ゆっくりスライドをはじめた。

「ああう、ああ……っ」

稚拙な手しごきでも、今の歩樹には至高の前戯だ。

奈緒実の手に合わせて、あう、あううと情けなくうめいてしまう。

「リボンが食いこんで、かわいそう……」

奈緒実が心配そうな表情を浮かべると、麻莉もしゃがんで蝶結びを解く。

しゅるりとリボンが陰嚢と竿根を滑り、勃起にかけられていた圧力が消えた。

せき止められていた先走りが尿道を走り、尖端の小孔からたらたらとあふれた。

「はあうっ、奈緒実ちゃんの手が、すごく気持ちいいよ」

歩樹はがくがくと腰を揺らす。

「ああ……出てきてる。オシッコ……じゃないですよね。これが……精子？」

はじめて観察する男の反応に奈緒実が戸惑う。

「違うよ。気持ちよくなると出てくるの。奈緒実や……あたしといっしょ」

麻莉はすっかり性の先生になっている。

「ねえ、これって……毒じゃないよね？」

奈緒実がとろけた瞳で手に垂れる先走りを眺め、脚をもじもじと擦り合わせる。

「うん。どうして？」

「昨日、お兄さんにペロペロしてもらったのがうれしくて……だからお兄さんも、私が舐めるの……好きかなって」

処女小学生が、自らフェラチオ志願だ。

「くううう、うれしいよっ」

想像しただけで、尻尾を振るみたいに喜んでしまった。

肉茎がびんと跳ね、とろとろの透明汁が尿道口からあふれる。

「じゃあさ……二人でいっしょに、ペロペロしようか」

親友のツインテールの髪を撫でながら、麻莉がささやいた。

（くううっ、チ×ポを挟んで、両側から息を吹きかけられて……っ）

歩樹は暴発しそうになるのを、丹田に力をこめて耐える。

（こらえるんだっ、ここで出しちゃったら……奈緒実ちゃんに初フェラされる機会を逃しちゃうぞ）

2

直立した裸の歩樹の前に、二人の美少女がしゃがんで、肉茎に顔を寄せてくる。

向かって左は、体操クラブで着がえをのぞいた中一の少年を捕まえて、自慰を強要したという早熟な奈緒実だ。

とはいえ、実際の勃起肉に触れるのは、はじめてなのだ。

ふーっ、ふぅっと荒い息が亀頭冠を湿らせる。

その隣、歩樹から見て右にしゃがんだ麻莉はすでに歩樹の性器を数えきれないほど握り、しゃぶり、そして挿入している。姪の関心はペニスよりも、隣にいる親友の、羞恥と好奇心で真っ赤になった表情だ。

「奈緒実が舐めてあげたら、きっとアユ兄、すっごく喜ぶよ」

「うふ……うん」

奈緒実のぷるんと厚めの唇が開き、舌がちろりとのぞく。

「は……あん」

唇が、亀頭の縁に触れた。

「くうう……奈緒実ちゃんっ」

少女が人生ではじめて触れて、そしてキスをした男性器がびりりと感激に震える。

ちゅっと音を立てて、亀頭の裾へのやさしい口づけだ。

唇をスライドさせながら、熱っぽい上目遣いで歩樹の反応を確認している。

少女の唇がわななき、数ミリずつゆっくりと肉茎の感触を探る。

晩から放置され、リボンで竿を締められて射精を禁じられた二十歳の肉欲は、すでに吹きこぼれそうだった。

「ああ……先っぽからぱくって……咥えてっ」

ずいっと腰を突き出して肉竿への奉仕を懇願する。

「うう……でも、太くて熱くて……火傷しちゃいそう。怖いよ」

「じゃあ……あたしのまねをしてみて」

麻莉が首を伸ばして、口を大きくひろげる。

「んふ……こうして、食べちゃうの」

張りつめた穂先を、アヒル口で咥えた。

「ううっ、麻莉ちゃんの舌が……」

若叔父の尖端を口に含むと、舌がちろちろと尿道口を舐めまわす。

同時に、尿道に満ちた先走りをバキュームしてくる。

男の、というより歩樹の弱点を知りつくした、小学生とは思えない巧みな愛撫だ。

「ああん、麻莉ちゃんにキスされて、お兄さんのがびくびくしてる」

積極的な口唇奉仕を目の当たりにして、奈緒実は圧倒されている。

「ふふ、交代。やってみて」

くぽぅっと音を立てて亀頭を吐き出した麻莉が、肉軸を握って奈緒実に差し出す。

「う……うん」

奈緒実はこくんとうなずいて、唇を開いた。

麻莉の唾液で濡れ光る紅玉が、奈緒実の口に吸いこまれる。

ちゅぽっ。

温かな粘膜に、亀頭が包まれた。

(麻莉ちゃんよりも唾液が濃くて、ねっとりしてる。舌のざらざらも多いんだな)

同じ学年の少女でも、敏感な亀頭で触れると、はっきりと二人の違いがわかる。

「んふ……こうでいいのかな……」

ちゅぷ。ちゅぷぅぅ。

肉軸の根元に手をそえて、ソフトクリームを舐めるみたいに舌をまわしてくる。はじめての男性器の味とかたちを、しっかりと記憶しようとしているのだ。

「やだあ、奈緒実ちゃんがアユ兄のおチ×チンをすごくおいしそうにしゃぶってる」

麻莉はわきから親友の様子を楽しげに見守りながら、男の根元からぶら下がった陰嚢をやわやわと手で包んでくる。

「はあうっ、二人同時になんて……夢みたいだ」

リボンで締めちゃってごめんね、とばかりに姪の指でやさしく撫でられて、こりこりの牡ボールがふやけていく。

奈緒実は亀頭から唇を離し、肉幹を這う血管を舌でなぞる。

「うふう……不思議な味なの。少ししょっぱくて、タケノコみたいな匂いがして。でも、嫌いじゃない。ずーっとキスしていたい」

生乾きの先走りで粘る牡竿を舐めてくれるのだ。

「は……んっ、お兄さんは……どこが気持ちいいか、教えてください」

親友の麻莉にスーパーエッチとからかわれるだけあって、男性経験がなくても、男の身体には興味津々なのだ。

「ああ……先っぽの下……くびれたところを舐められるのが好きだよ……」

正直に告白すると、奈緒実は左から亀頭の裾に向かって舌を出した。

ちろっ、ちろろっと敏感なくびれを幼くてこりこりした舌先がつつく。

くすぐったくて、もどかしいような甘い快感が肉茎を緊張させる。

(クンニされる女の子って、こんな気分なのかもな)

際限なく快楽が濃くなってくる。

「ねえ、せっかくだから……アユ兄を食べっこしちゃおう」

麻莉が誘うと、奈緒実がうんっ、と小学生らしく素直にうなずいた。

「両側から……おチ×チンを挟んじゃうの」

麻莉は肉竿に顔を埋めるように、右側から頰を寄せ、亀頭の裾に唇を当てた。

「くううっ」

フルートを吹くみたいな口で愛撫されるのは、はじめてだ。

「んふ……私も、まねするのね」

奈緒実も反対側から、開いた唇でくびれにしゃぶりつく。

「はあん……奈緒実といんらんなキスをしてる」

「ん……んんっ」

肉茎を挟んで、少女の唇が触れた。

「こうやって、動かすの……んふ」

麻莉が顔を横にスライドさせると、奈緒実もまねをする。

「ふ……おおおっ」

左右、合わせて四枚の幼い唇に亀頭冠を愛撫される。

(これは……すごい。フェラチオの倍、いや、もっと気持ちいいぞ)

未知の快感に歩樹の下半身がとろけていく。

昨晩からたっぷりとためた精液が、ふつふつと煮えているのを感じる。普段の何倍も精嚢がふくらんでいるような気がする。

「んく……麻莉ちゃんのお口、やわらかい」

「ねえ、奈緒実、舌……出してみて」

二人は肉竿をサンドイッチにしたまま、舌を出して亀頭の裾を舐める。

「か……あああ、いいっ、感じすぎて、チ×ポが溶けるっ」

一本のアイスキャンディを、どちらが先に舐められるのか競争しているみたいだ。

互いの舌先が触れると、ますます舌の動きは活発になり、ぺちょ、ぺちょとかわいい水音が響きはじめた。

「んは……アユ兄のおチ×チンが喜んでる」

舌をからめ、亀頭を横咥えにして、麻莉が左右に顔を往復させる。男を射精に追いこむ動きだ。垂れ落ちた涎が、藤色のミニスカートに点々と染みていた。

（ああ、姉さん、僕は預かった大事な姪を……エッチな子に育ててしまって）

びるる、びるると濃い精液が竿の芯を押しひろげている。

「んあ……とろとろってあふれてる」

尿道口からだらしなく漏れる先走りを舌で受け止めながら、奈緒実も麻莉に合わせて唇をスライドさせる。

名門小学校の校章が刺繍された制服の白いブラウス。胸もとが二十歳の先走りで汚されている。

ネイビーとグレーのストライプのネクタイが、竿しごきに合わせて揺れる。

（きっと奈緒実ちゃんのパパやママはすごくしっかりしているいいご両親なのに……スーパーエッチな娘さんは、僕のチ×ポをおいしそうにしゃぶっていますっ）

背徳感が尿道口を開き、快感が歩樹を狂わせていく。

「く……あああっ、たまらないよっ」

二人の唇が、亀頭を左右から挟んだ瞬間だった。

陰嚢が肉茎に、きゅうっとめりこみそうなほど収縮し、ついに射精がはじまった。

「あーん、暴れてるうっ」

「ひゃんっ、硬いですっ」

びくっ、びるうっ。

亀頭の裾がぶわりとひろがり、肉茎を挟んで重なった少女たちの唇に、特濃の牡液をぶち撒ける。

「ひゃんっ、アユ兄……熱いよっ」

唇を裏返す勢いで飛び散った精液を、麻莉が舌で受け止める。

「んは……お兄さんの……出てるっ」

射精の勢いは奈緒実の想像を超えていたらしい。口から亀頭を離してしまった。

「くああっ、チ×ポがちぎれそうなくらい、気持ちいいよっ」

どっぷ、とぷぅっ。

奈緒実の絹糸みたいにきれいな黒髪に、つるつるの額に、そして困ったようにハの字になった眉に、熱射を浴びせる。

「止まらない。ううっ、こんなに出したの、はじめてだっ」

小さめの鼻翼に、ぷっくりした濡れ唇に、そして純白の制服ブラウスに、黄色がかった濃厚精液が飛び散った。

射精が止まるのと同時に下半身の力が抜けて、歩樹はへたへたと玄関に尻もちをついてしまった。

二人の少女が目の前で精液にまみれている。

「はああ……熱い。すごい。アユ兄がこんなにたくさん出すの、はじめてだよぉ」

麻莉が悶えながら、口からあふれた白濁を指ですくい、舌先で味わう。

「んああっ、これが男の人の……エッチな液なんですね。私がお兄さんを……イカせたんですね。うれしい。イッてくれて……ありがとうございますっ」

顔に散った精液を指で唇に塗りひろげた奈緒実は、親友の顔に手を伸ばし、いきなりキスをした。

「んんんんっ、ふむんんんっ」

突然同性の親友から精液まみれのキスをされた麻莉は、目を見開いて驚く。

けれど、すぐに発情した顔に戻り、奈緒実の舌を受け入れて唇を開いた。

ぬちっ、にちゃっ、ぬちゅっ。

互いの口と肌に散った牡液を舐め、食べ合っている。

「ああ……二人とも、とってもかわいいよっ」

歩樹が唇を吸い合う少女のあいだに割って入ると、二人はうれしそうに、ねとねとの頬を重ねてくれた。

3

美少女のダブルフェラで、信じられない量を放ったというのに、歩樹の性欲も、そして肉茎もまったく満足していない。

びきびきと海綿体が充血し、すぐに二発目、三発目を連射してやろうと血気盛んに亀頭を振り立てる。

「あん……あたしも、昨日から我慢してたんだから」

麻莉は二人の唾液と精液の残滓でぬらつく肉軸を乱暴に握ると、歩樹の身体ごと、奥のベッドに引っ張っていく。

下校したままのTシャツとミニスカートで、赤いランドセルを背負ったままだ。防犯ブザーつきのキーホルダーがガチャガチャ鳴った。

「はぁあ……麻莉ちゃんのエッチなところ……私も見学したい」

叔父と姪の禁断の行為を観賞しようと、精液が点々と散った制服姿の奈緒実が追いかけてくる。

麻莉は先にベッドにぼすんっと飛びこむと、ヘッドボードに置いてあったきらびやかなティアラを手にとった。

宝石をちりばめ、輝く銀の宝冠を身につければ、ランドセルを背負った小学六年生は、たちまちお姫様に変身する。

「アユ兄、寝てっ」

全裸の歩樹の腕を引き、ベッドに引きずりこむ。

「ちょっと、急ぎすぎだよっ」

麻莉を落ち着かせようとするが、わがままなお姫様の命令は絶対だ。

ぽんっとマットをたたく手に従って仰向けに寝る。

麻莉の手がミニスカートの中に入って、もぞもぞと動いた。

「はやく、アユ兄。もう……あたし、きっと、ぬるぬるだから」

抜いた手には、くしゃっとまるめた布地があった。

小さな赤いリボンのついた白いコットンのショーツだ。

（あれは……はじめて僕が見た下着だ）

同居がはじまってすぐ、その子供っぽい、普段遣いの女児下着に発情してオナニーをしていた現場を麻莉に目撃された。

それが今の、姪との甘くて秘密の関係に発展したのだ。

「ふふ。アユ兄はずっと、女の子のパンツが好きだもんね」

思い出の下着を麻莉は裏返す。

長年、麻莉の大事な場所を守り、毛羽立ったクロッチはぐっしょりと濡れていた。

「ほら……お口も、おチ×チンも……あたしでいっぱいにしてあげる」

いたずらな姪はあやとりみたいな手つきでショーツをぐっとひろげ、仰向けになった歩樹の顔にかぶせた。

「あううっ」

歩樹の鼻の頭にショーツのフロント、口に舟形の少女染みが当たるように、下着をマスクにされた。脚を通す穴から両目を出した、変態チックで情けない姿をさらす。

「ああん……麻莉ちゃんのエッチ」

ベッドのわきに、ちょこんと座った奈緒実が、はあぁ……とため息を漏らす。

「くうっ、麻莉ちゃんのパンツ、おいしいよっ」

鼻で呼吸すればオシッコの乾いた匂いで頭がくらくらする。

唇には発情を示す甘酸っぱい蜜の味がひろがって、勃起はますます猛る。

「んふ……あたしも、奈緒実みたいにスーパーエッチになっちゃう」

子鹿みたいに健康的な少女の脚がミニスカートをひるがえし、帆柱を立てた若叔父の下半身を跨ぐ。

「はあん……麻莉ちゃん、挿れちゃうんだ。お兄さんの太いのを……すてき」

床にぺたんと座り、ベッドに腕を乗せた奈緒実が、瞳をきらきらさせて禁断の結合を凝視する。

きちんとプレスされた制服の白ブラウスとネイビーのプリーツスカート姿というお嬢様の前で、血の繋がった二人が騎乗位での禁断セックスを披露しようというのだ。

大人より高い少女の体温。中でももっと熱い場所が穂先に迫る。

くちっ。

ずっとおあずけをくらわされていた、亀頭と姫口の生キスだ。

「あううっ」

やわらかい粘膜の歓迎が強烈な悦を生み、思わず叫んでしまう。

ずちゅ。ぬちゅっ。

「は……あんっ、奈緒実に見られて興奮してるのかな。すごく硬いよ」

膣口がぷるっと裏返って、とろ蜜がつまった粘膜の洞窟が牡肉を引き入れる。

「く……あうっ、麻莉ちゃんだって……いつもより濡れてるよ」

濡れた女児ショーツで口と鼻を覆われているから、歩樹の声がくぐもっている。

二人で繋がるのはいつだって気持ちいい。

さらに奈緒実の視線というスパイスが、挿入の快感を何倍にも増してくれる。

「は、入ってくるだけで……イッちゃいそうっ」

第三者の視線で興奮しているのは歩樹だけではない。

「ひ……ああっ、アユ兄……感じるよぉ……」

肉茎を受け入れた無毛の陰裂がぱっくりとひろがり、未成熟ボディには似合わない、じゅぷっという淫らな音がワンルームに響く。

「んふうう、アユ兄も気持ちいいでしょ。あたしのパンツとオマ×コ……はああっ」

麻莉が腰を前後にスライドさせた。

「アユ兄のおチ×チン……うれしそう。カッチカチなんだよ」

ときおり視線を、ベッドのわきに座った奈緒実に向ける。

背負った赤いランドセルの金具がカチャン、カチャンと音を立てる。

麻莉は下着を脱いだ以外、少女たちのあいだで通学ファッションとして人気の、ジュニアブランドのおしゃれな服装のままなのだ。まくれたスカートの奥では、血管を浮かせた黒い肉茎が幼裂に突き刺さり、恥蜜をにちゃにちゃとかき混ぜながら膣道を穿っている。倒錯的なロリータ騎乗位だ。

「はひ……あんっ、奈緒実ぃ……見て。すごくエッチでしょ。んふ……おチ×チンが、あたしの……オマ×コの中で、びくびくしてるの」

麻莉が体操で鍛えた太ももで歩樹の胴を挟み、上下にストロークをはじめた。

「くうっ、いやらしいよ。チ×ポが麻莉の中で……削れてるっ」

鼻と口を麻莉の匂いと味で覆われ、肉茎は熱い粘膜筒で締めつけられる。

「ああ……オマ×コ……はああっ、うらやましいっ」

卑語を聞いて興奮する、かくれスケベな制服お嬢様がせつなげにつぶやく。

ぎしぎしとベッドをきしませての騎乗位が見学少女の目の前で続き、ついに我慢できなくなったようだ。

「はああっ、私にも……手伝わせてください」

奈緒実はベッドに上がってくると、二人の結合部に手を伸ばした。

「く……あううっ、奈緒実ちゃんが、タマをさわさわしてる。いいよっ」

濡れた陰嚢を、とん、とんと触られる。

姪に深く穿った肉茎に、小学生女子の指という新たな刺激が加わって、歩樹は未知の快感に喘ぐ。思わずがくがくと下から麻莉を突きあげてしまった。

「はあぁ……麻莉ちゃんの中に、お兄さんのがずぶずぶって……ああん、エッチな匂いがする。いやらしいよぉ……」

奈緒実の目の前で、男女の性器が花蜜まみれでからみ合っているのだ。

少女は片手で、男のきゅっと縮んだ陰嚢をやわやわと包む。

残る片手は、歩樹に跨って前後、左右と揺れる親友のヒップに食いこんでいる。

「ひいいっ、だめ……お尻を揉まれたら、変な声……出ちゃうぅっ」

麻莉の甘い悲鳴に合わせて、肉茎を絞る膣壁が痙攣する。

「く……ああっ、麻莉ちゃんの奥に……当たってるっ」

幼いながらも女として開発されつつある子宮口がちゅっと穂先を吸ってくれる。

すでに精嚢を満たした快楽のマグマがふつふつと煮えている。

(本人が望んでいるんだ。思いきりエッチなことをしてもらおう)

歩樹は騎乗する姪のヒップに手を伸ばし、ぐっとこじ開けた。

「うう、奈緒実ちゃんっ、麻莉ちゃんは……ここも、感じるんだよっ」

小ぶりな尻肉を割って、結合部に伏せた少女に示す。

淡く色づいた窄まりがひくついているはずだ。

「は……あああん、アユ兄、言っちゃだめぇぇ」

麻莉が悶えるが、もう遅かった。

「んん……はあっ、麻莉ちゃんの……ウ×チの穴……かわいぃ」

「ひゃんっ、かりかりするのだめ……いやああっ、おかしくなるから……だめっ」

内緒の性感帯である肛肉を親友にひっかかれて、麻莉ががくがくと首を振る。髪を飾ったティアラが落ちそうなほどの淫乱ダンスだ。

「じゃあ……指でするのはやめるね。かわりに……」

歩樹の陰嚢をいじっていた指が離れた。

ちゅぱっ。

小さな水音が聞こえた。

「んひいいっ、だめぇ……お尻ペロペロなんて、汚いよぉっ」

麻莉が絶叫し、全身を痙攣させる。

「はあん……麻莉ちゃんの、ウ×チの穴が、ひくひくしてる。お花みたいで、とってもきれいなの……んふっ」

奈緒実がちゅぴ、ちゅぷっと唾液を肛肉にまぶし、とがらせた舌で舐めまわす。

「ひゃんっ、お尻の穴があったかくなる。気持ちよすぎて、泣いちゃうよぉ……」

ほんの数秒の肛門奉仕で、麻莉の声が一オクターブ高くなる。

親友に排泄の小孔を舐められる恥ずかしさすら、甘い悦で吹き飛んでしまうのだ。

「ひあんんっ、だめ……ごめん、アユ兄……あああっ、あたし、あたし……先にっ」

第二次性徴中の幼い膣肉が震え、子宮口から熱い滴が漏れて亀頭を洗う。

「んはああ……だめなのに。無理っ。一人で……あああイクイク、イクぅぅ……っ」

じゅぱ、にちゅっ。

麻莉の花蜜と歩樹の先走り、そして奈緒実の唾液が好き勝手に鳴る。

「ひいいっ、飛んでるっ。イキすぎて、身体が……浮いちゃうよぉ」

のけぞった麻莉の唇からたらたらと涎と絶頂の涙が落ちる。

六年間使われて、革の傷んだ赤いランドセルのフラップが開き、ぺちん、ぺちんと音を立てた。

「んあああ、大好き……アユ兄も、奈緒実も……好きだよぉっ」

びくり、びくりと大きく背中を反らせる麻莉の股間から、ちいっと絶頂を示す新鮮な小水が歩樹の下腹に飛び散り、湯気があがった。

4

「はふ……」

騎乗位で天国をのぞいた麻莉は、ベッドの半分を占領して転がってしまった。

気絶したように動かずにいたが、数十秒もしないうちにすー、すーという小学生らしい寝息が聞こえてきた。

乱れたTシャツの裾から、汗ばんだ肌が見えた。

狂態をさらしての絶頂で、心と身体が疲労の限界らしい。

「ん……はあっ、麻莉ちゃん、かわいい……」

横倒しに崩れた麻莉の背中から、奈緒実がランドセルをやさしく抜き取る。

「すごいです。男の人とのエッチって、あんな……しっかりした麻莉ちゃんが、にゃんにゃん叫ぶなんて、信じられなくて」

ベッドに上がった奈緒実は、正座して麻莉の背中を撫でている。

（それにしても……奈緒実ちゃん、小学生離れしたおっぱいだよな）

うつむき加減で座っているから、ネイビーとグレーのネクタイが垂れて、白いブラウスを押しあげる思春期バストが強調されている。

校章を刺繍したブラウスは小学生の体形を前提にしたサイズしかないのだろう、前ボタンが弾けてしまいそうにぱっつんとふくらんでいる。

（ここまでおっぱいが育ったら、エッチなことに興味が湧くのも当然だな）

麻莉によれば、奈緒実はスーパーエッチな娘なのだ。

歩樹は枕をクッションがわりにして身体を起こす。

「なんだか……恥ずかしいところを見られちゃったな」

名門の私立学校に通うお嬢様に、異常な体験をさせてしまった。

姪の親友にはじめて会った昨日も、自分は全裸だった。

出会ってすぐに勃起を見られ、処女のままクンニリングスで絶頂させた。そして今日は、二人で協力して、姪の麻莉をイカせたのだ。

「あの……お兄さん」

奈緒実が視線を下げた。

騎乗した麻莉が大暴れしたせいで、かけ布団はベッドの下に落ちていた。

歩樹はタオルケットだけを下半身にかけている。股間を覆った薄い生地が、三角帽子みたいにとがっている。

奈緒実の肛門舐めがとどめになって、瞬時に麻莉が達してしまった。

歩樹はまだ射精していない。玄関での小学生ダブルフェラで盛大に放っていなければ、麻莉に挿入した瞬間に暴発していただろう。

「私も……麻莉ちゃんみたいに、気持ちよくなれますか……?」

勃起のシルエットを見つめたまま、奈緒実はこくんと喉を鳴らす。

「えっ……」

正座したまま顔を伏せると、奈緒実は制服のネクタイをしゅるりと引き抜いた。震える指がブラウスのボタンをはずし、ゆっくりと袖から腕が抜けていく。純白ブラウスの腋には汗染みができていた。

ファサッとブラウスが成長期の身体を滑り落ちる。

(うわっ、やっぱり大きい)

現れたのはやわらかそうな素材のジュニアブラだ。

クリーム色で、ストラップは白いフリルで飾られている。

メルヘンチックな子供っぽいデザインだからこそ、ぎゅっと押しこめられた半球バストの大きさが目立つ。胸だけは大人の身体だ。

奈緒実が背中に手をまわす。

ジュニアブラが緊張を失ってはずれる。ぷるんっと小六バストが現れた。

ボウルで型をとったみたいに見事な半球だ。下弦だけでなく、上弦も円を描いてふくらんでいる。

幼さが残る丸顔と、細い手足の小学生ボディからたわわに実った乳房は、そのアンバランスさゆえに歩樹の視線を惹きつける。

「ああ……奈緒実ちゃんの、おっぱい……」

うわ言のようにつぶやいてしまった。

「恥ずかしい。自分でマッサージみたいに揉んでいたら……育っちゃったんです」

奈緒実は顔を赤らめる。

(マッサージっていうけど、本当はオナニー大好きだって麻莉ちゃんにからかわれていたな)

思春期の娘が「あっ、ああっ」と声を漏らしながら自分の乳房を揉む姿を想像してしまう。肉茎が反応して、タオルケットを破らんばかりに屹立した。

「ああん、うれしい。私を見て大きくしてくれたんですね」

上半身裸になった奈緒実は、乳房のボリュームを誇るように揺らしながら、歩樹のもとににじり寄ってくる。

「触ってください……奈緒実ちゃんっ」

「くぅ……奈緒実ちゃんっ」

歩樹はベッドの端に転がった姪の姿を確認する。

(麻莉ちゃんはすっかり寝入っているから……大丈夫だな)

我慢などできなかった。

歩樹は手を伸ばし、ロリータには不相応な迫力バストをやさしくつかんだ。

「はあん……お兄さんの手、大きくて……指が太くて、大人っぽいです」

麻莉といっしょに服を脱いで、全裸になったシーンは見ていたが、実際に触れると想像以上にバストは硬く、みっちりと重い。

大学生の元恋人のバストは、今の奈緒実とほとんど同じサイズだったが、ずっとやわらかかった。

第二次性徴期の、乳腺が成長している最中のバストは大人とは違ってこりこりと硬く、指を沈めても反発力が強いのだ。

半球の尖端でぷっくりとふくらんでいる尖端にも触れてみる。

乳首は同じ学年の麻莉よりもずっと色が濃く、ぷっくりととがっている。

極小の乳輪を指でくるりとまわしてなぞってから、尖端をつまんだ。

「ん……あっ、お兄さんの指……エッチです」

はじめて異性に乳首を触られた奈緒実は、びくっと上半身を緊張させる。

「く……うぅっ、奈緒実ちゃんのおっぱい、魅力的すぎるよっ」

歩樹は身体を起こすと、座っている奈緒実をやさしく、しかし強引にベッドに押し倒した。ぼすんとマットが沈む。

「はあん……麻莉ちゃんが起きちゃいます」

二人は重なったまま、麻莉が寝ているのと逆の端に移動した。

狭いシングルベッドだ。奈緒実は仰向けに寝て、祭壇に捧げられた生贄みたいに、プリーツスカートから出した膝を立ててじっとしている。

歩樹は膝をつくと、奈緒実の乳房に顔を埋めた。

「は……あんっ」

乳首は麦粒みたいに硬く充血していた。

(小学生なのに乳首をとがらせて、吸われて興奮してる。最高だっ)

ちろちろと舐めまわすと、奈緒実は恥ずかしいのだろう、両手で顔を覆う。

腋の下が見えた。

目を凝らすと極細の繊毛が数本、じっとりと湿って光る、真っ白な腋の平原で縮れていた。第二次性徴で起こる、少女から大人になった証だ。

乳首をしゃぶっていた唇を腋に移動する。

「あぁーん。汗をかいてるから……だめですぅ」

新鮮な汗でぬめる腋に下を這わせる。

処女の汗はとてもおいしかった。淡い塩味と強めの体香が、男の本能を刺激する。

腋窩《えきか》に生えはじめた大人の毛を唇でしごくと、奈緒実はくすぐったがってくねくねと身体を揺らした。

（昨日はクンニでイカせて、今日はおっぱいか。順番が逆だな）

「うう……焦らすの、いじわるです」

小六の巨乳少女は少し怒ったような目で、乳房と腋を味わう歩樹を見つめた。

「私、お兄さんと……はじめてを経験してみたいです」

真正面から、きらきらした瞳で誘われる。

「でも……そんな大事なはじめてを、僕なんかに」

奈緒実から見れば、歩樹はただの親友の叔父だ。きっと自分に対する恋愛感情などないだろう。

「私、麻莉ちゃんが大好き。だから……麻莉ちゃんが大好きなお兄さんになら、任せられると思うんです」

歩樹の首に両腕を巻きつけ、ぐっと引っ張った。

ぷっくりとやわらかい唇が、歩樹の唇に重なった。

(ううっ、なんてかわいくてエッチな子なんだ)

小六美少女の情熱的なキスに、歩樹の理性など、強風に遭った砂の城みたいに崩れてしまう。

「ああん……麻莉ちゃんが起きる前に……早く、最後までしてください」

奈緒実の目も、もう我慢できないと語っていた。

「一度だけでいいんです。お願いします……」

男を誘うというより、試合かなにかを真剣に頼んでくるような態度だ。

(そうか……奈緒実ちゃんは、自分がどんなに魅力的か、まだわかってないんだ)

断りつづけていたら、泣いてしまいそうだ。

「……うん、わかったよ。でも、もし途中でいやになったら……」

「なりません。自分でわかるんです。お兄さんと、ひとつになりたい」

本当なら歩樹は、ゆっくりと極上ロリータを愉しみたい。

けれど麻莉に内緒で、二人で愉しんでいる姿を見られたら、お姫様はきっと機嫌を損なうだろう。奈緒実との友情も壊れてしまうかもしれない。

「麻莉ちゃんにも、絶対ヒミツにするって約束します」

歩樹の心を読んだように、奈緒実が乳房を擦り寄せてくる。

乳房の谷間に顔を埋めながら、歩樹は制服のプリーツスカートのホックを手探りではずした。スカートを脱がせやすいように奈緒実が腰を浮かせてくれる。

「おおっ……」

歩樹は思わずうめいた。

奈緒実が穿いていたショーツは、ジュニアブラとセットなのだろう、白いフリルのついたクリーム色のかわいいデザインだった。

ふっくらと盛りあがったフロントのふくらみが魅力的だ。

白い綿ソックスを履いただけの少女が、無防備に身体を捧げてくれる。

歩樹はショーツのウエストに指を引っかけてすっと引いた。

にちゃっ。

やわらかなクロッチには、麻莉のショーツに負けないほどに大きな淫水染みができていた。

制服と子供ショーツの中で半日蒸れた陰裂から、むわあっと動物的な香りが立ちのぼった。思わず顔を寄せ、思いきり奈緒実の湿気を吸う。

「ん……あんっ、お兄さんに、嗅がれちゃう……いやあっ」

閉じようとする脚をつかむと、一気にぐいっと持ちあげた。

十数本の、生えたばかりの恥草に飾られた幼丘と、深めの陰裂が、たっぷりの花蜜で雨後のように濡れていた。

「は……ひいんっ」

奈緒実が悲鳴を漏らした。

昨日のクンニ絶頂で、処女ではあってても姫口がとても敏感なのはわかっている。

歩樹は斜め上から勃起肉を陰裂に当てる。

ぴちゅっ。

赤熱した穂先が、ぐしょ濡れの姫口を溶かす。

「ん……はああっ、お兄さんの、熱い……」

あえて挿入はせず、斜めにずりゅっと亀頭を滑らせる。

「はううっ、私の入口……痺れていますっ」

最も敏感な雛尖と、ぷっくりと咲いてロストバージンの準備を整えた姫口に、亀頭の感触を慣れさせるのだ。

「あっ、すごい。お兄さんのって、私にぴったり……」

男女の性器が、鍵と鍵穴のように組み合わさることに驚いている。

緊張で硬くなっていた股関節がやわらかくゆるんでいく。

「私……怖くないです。早く……挿れてみたい」

処女とは思えないリラックスした表情で、歩樹を誘う。

「いくよ……」

ず……ぷうっ。

濡れた処女膣に、亀頭をめりこませていく。

「は……あんっ、おチ×ポ……ごりごりっ」

はじめて奈緒実が男性器の卑語を口にした。

(名門小学校のお嬢様が、僕のを挿れられながら「チ×ポ」って……ううっ)

秘密のつぶやきを聞いて、ますます勃起は猛る。

ちゅぷっ。

処女の蜜が亀頭冠にからむ。

「ううっ、まだ入口なのに、奈緒実ちゃんの中、温かくて気持ちいい」

小学六年生の処女膣なのに、驚くほど柔軟だった。

歩樹は破瓜の痛みを気遣ってゆっくりと沈めているのに、無数に重なった膣粘膜のリングが、早く、早く奥にきてと誘うように躍る。

「ああん……痛いって聞いてたのに……平気です。なんだか、安心する」

奈緒実も初挿入の違和感が少ないことに驚いている。

「運動が得意な子は、初エッチでも感じるって聞いたことがあるよ……」

体操クラブで脚を激しく動かしているから、破瓜のショックが少ないのだろうか。

「もっと奥まできてください。ああんっ、おチ×ポを感じたいんです……」

おチ×ポという単語が気に入ったようだ。

奈緒実は自ら腰を持ちあげ、深い挿入をねだる。

「くうっ、いくよ……っ」

歩樹はついに、反り返った肉茎をすべて沈めた。

「奈緒実ちゃんの中、ねっとりして……温かい。こんなの、はじめてだ」

処女とは思えない膣肉の歓待に、むしろ歩樹のほうがたじたじだ。

根元まで奈緒実の中に収め、腰を左右にまわして、大人の濃い茂みで奈緒実のクリトリスを軽く刺激してやる。

「は……ああんっ、ぴりぴりする。エッチって気持ちいい。絶対忘れません」

組み伏せられた奈緒実が、下から情熱的なキスを求めて舌をさしこんできた。

「く……ううっ、奈緒実ちゃんっ」

唾液の甘さと、小刻みに動いて歯茎を愛撫してくる舌の感触がたまらない。

(麻莉ちゃんのオマ×コと同じ動きだ。男を感じさせようとしてがんばってくれる)

ディープキスを続けながら、膣道に肉茎のかたちを覚えさせる。

「はああん、女の人がみんな、エッチが好きになるの……わかります」

麻莉からは処女のくせにスーパーエッチだなんてからかわれていたけれど、奈緒実は自分の感情と快感に素直で、真面目な少女なのだ。

「ああっ、奈緒実ちゃんの中で、僕のチ×ポが溶けそうだよ」

少女との禁断の行為に歩樹は虜になる。

激しいピストンなどしなくても、きゅっ、きゅっと断続的に収縮する粘膜が、自然に射精を誘うのだ。

「くう……だめだっ、気持ちよすぎるよ……っ」

「ああん、お兄さん……私でイッてくれたら、うれしいです」

大人になりかけの、やわらかな太ももが歩樹の腰に巻きつく。

「あ……ううっ、いいんだね。奈緒実ちゃんの中に……出すよっ」

歩樹の言葉を聞いた瞬間、とろとろに煮えた膣道が亀頭のくびれにからみつき、射精を促すように、きゅっ、きゅっと締まった。

少女の本能が、着床をせがんでいる。

肉茎の根元が熱くなり、どっと快感のダムが決壊する。

「あああっ、いいっ、イクよ……っ」

どく……どぷうっ。

処女を失ったばかりの少女の最奥に、熱情のマグマを注ぐ。

「は……ああっ、お兄さんのおチ×ポから……熱いの、きてるぅ」

奈緒実は全身をくねらせ、半球のバストを揺らして、膣奥に注がれるはじめての牡エキスに涙を流している。

「ん……はあっ、麻莉ちゃんよりも……もっと私、気持ちよくなります……」

頬を赤く染めた少女は、何度もキスをせがんできた。

第六章　スーパーエッチなお姫様

1

あと三日で、姪との同居が終わる。

（大事な最後の週末だっていうのに、僕は置いてきぼりか）

麻莉は朝から体操クラブに出かけてしまった。

いつもなら夕方からのクラスなのだが、歩樹と同居をはじめてから、ずるずるとサボり癖がついてしまい、クラス分けの試験を逃してしまったのだという。

「ママに連絡メールが行っちゃうからマズいよ」

と、朝のキスも慌ただしく出ていった。

麻莉の体操センスはとてもよく、将来を期待されているらしい。けれど本人は、親やコーチが思うほど体操が好きではないのだと、いっしょの布団で教えてくれた。

歩樹はそれを聞いてから体操クラブを休むなと強く言わないようにしていたが、結局は自分から行くと言い出した。

生意気で、やんちゃに振る舞う姪だが、根は真面目なのだ。

麻莉が家を出て三十分もたたないうちにインターホンが鳴った。

ドアスコープからのぞくと、麻莉の親友、奈緒実が立っていた。

二人からの同時責めで麻莉がぐったりしているあいだに、エッチの練習と称して奈緒実の処女をいただいたのは先週末だ。

「お兄さん、おはようございます」

ドアを開けると、お嬢様はするりと玄関に滑りこんだ。

白のタンクトップに、デニムのショートパンツで大胆に手脚を出している。白いストラップのミュールからチラ見えするつま先がかわいい。

「今日、すっごく暑くなるって予報で言ってました」

恥ずかしそうに薄着の言い訳をする。

腕や太ももの付け根まで露出したファッションは、箱入り娘には冒険なのだろう。

「あれっ、今日は麻莉といっしょに、体操の試験じゃないのか」

姪の留守にやってくるとは思わなかった。

「私のクラス分けは、規定日に終わってるんです。麻莉ちゃんは追試だから……」

(やっぱり奈緒実ちゃんは真面目なんだな)

「あの、お兄さんはこれから……時間ありますか?」

ミュールを脱いで部屋に上がると、歩樹の正面に立った。

「うん。予定はないけど、どうして」

奈緒実とのセックスは、一度かぎりの約束だった。

デートのお誘いだろうか。

「よかったです」

奈緒実は歩樹の胸にしがみついてきた。

身長は麻莉よりわずかに低い。歩樹の胸にツインテールの髪が当たる。

前回は学校帰りだったから、小学六年生らしい健康的なお日様の匂いがしたが、今日は大人っぽいシャンプーのフローラルな香りだ。

「この前の続き……してください」

「えっ、だって……一度だけって、奈緒実ちゃんから言い出したのに」

並んだ半球が、男の胸でぎゅっと潰れて挑発してくる。

タンクトップのふくらみは小学生とは思えないほどボリュームに富んでいるが、第二次性徴を終えていないから乳房は硬い。

「はじめてなのに痛くなかったんです。だから二度目はもっと気持ちいいかもって」

戸惑いながらも、麻莉とはタイプの違うお嬢様系美少女に抱きつかれれば、すぐに若い肉茎はむくむくと反応してしまう。

「お兄さんのここも、私としたがっています」

歩樹のTシャツに頬ずりする少女が、部屋着のスウェットのふくらみをつかんだ。

「う……くうっ、マズいよ。麻莉に知られたら……」

小学生の姪は、歩樹にとって大事なお姫様だ。

その親友と、秘密の関係を重ねるのはうしろめたい。

奈緒実の処女をもらったときにも、麻莉は絶頂して眠りこんでいた。

歩樹と奈緒実が最後まで関係したことを、姪は知らないのだ。

「大丈夫です。今日は試験だから、お昼までかかるはずです」

肉茎のかたちを確かめるように撫でられる。

「硬い……おチ×ポ」

真面目で柔和な奈緒実が放つ卑語の破壊力はすさまじい。

「ぴくぴくしてる。精液……出したくなってます」

同時に小さな手で亀頭を包んで握る。

「はうぅっ」

八歳も上なのに、歩樹は翻弄されて、びくんと全身を震わせた。

「こんにちは、って挨拶しますね」

ワンルームの狭い玄関に立った男子大学生の前に、タンクトップとショートパンツ姿の美少女がひざまずく。

部屋着のスウェットパンツごと、下半身を裸に剝かれた。

ぐいんっ。

完全勃起の牡肉が姿を現した。

奈緒実は臆することなく五指で亀頭をつまんだ。

手のひらがやわらかく尿道口に当たる。

「ああん……こんなに太いのが、私の中に入っていたんですね……」

無邪気な表情で、純粋に人体の構造に驚いている。

亀頭を包んだ手が、ゴムボールをもてあそぶみたいに、きゅっ、きゅっと縮む。

「ううっ、そんなやさしくモミモミされたら……っ」

「イッちゃいますか。私、ネットでやりかた……勉強してきました」

才媛らしい広めの額に、汗の小粒が光っている。

左手が加勢し、肉竿のくびれをしごきはじめる。

右手は亀頭を放し、竿根よりもさらに下に沈む。

陰嚢を温かな手のひらが覆い、ふわふわと撫でられた。

「くああっ、タマは反則だよっ」

歩樹がかくかくと腰を振るのを、奈緒実は楽しそうに眺めてから、唇をひし形に開いて迫ってきた。

「んふう……おチ×ポの、味……」

「く……おおおおっ」

ロリータの両手と唇を使った、男性器の三点責めだ。

肉茎の熱い芯が引き抜かれそうな快感に、歩樹は壁に手をついて、ぶるぶると震えるしかない。

「んふ、お口に出しても……いいですよ」

上唇がめくれて、血管を浮かせた牡幹が出入りしている。

体温が高いから、亀頭冠を濡らす少女の唾液もまた熱い。

ちゅぽっ、ちゅぷっ。

清らかな聖少女が、醜悪な男の肉をうれしそうにしゃぶる。罪深い水音が歩樹の理性を吹き飛ばす。

「でも、私は……あの、オ、オマ……オマ×コに出してもらいたいです」

奈緒実が染色を落としたダメージデニムのショートパンツのボタンをはずす。

ちいっ、ちいっ。

ファスナーを開ける音がやけに大きく聞こえた。

「う……ああっ、奈緒実ちゃん……下着がっ」

中に下着を穿いていないのだ。

サワークリームみたいに白い恥丘に、極細の織毛がちょぼちょぼと散っている。その中心には桃色の亀裂が走っていた。

「はい。あの……ショーツが擦れるだけで、歩けないくらい、ぶるぶるしちゃって」

奈緒実の家からはバスで二十分ほどかかる。六年生少女は、ノーパンにショートパンツでやってきたのだ。

「ひょっとして……上も……？」

歩樹が尋ねると、うふぅっと恥ずかしそうに笑う。奈緒実は白のタンクトップの裾をつまみ、くいっと引きあげた。

ぷるんっ。

半球の思春期バストがまる出しで並んでいる。薄布一枚だけでこの魅力的な盛りあがりを隠して歩樹の部屋までやってきたのだ。

「ああ……奈緒実ちゃんっ」

歩樹が座った奈緒実の手をとって立ちあがらせると、ショートパンツもするりと落ちてしまった。

初夏の太陽を受けて汗ばんだ少女の全裸が輝いている。

少女だけ裸にしておくのは申し訳ない。歩樹も慌ててTシャツを脱ぐ。

「く……ううっ、お布団に行こう」

全裸の成人男性が勃起肉を振り立て、いたいけな豊乳少女をベッドに誘う。客観的に見ればとんでもない景色だ。

奈緒実をお姫様だっこで持ちあげた。子供らしく、無邪気に笑ってくれる。

繊細な彫像を扱うように、ベッドに寝かせた。

「んふ……麻莉ちゃんとお兄さんの匂いがします」

奈緒実はシングルベッドに二つ並んだ枕を自分のツインテールに合わせて整える。

「奈緒実ちゃんのヌード、とってもきれいだよ……」

小学生、そして姪の親友という二重の禁忌が、肉茎を限界まで膨張させる。たらたらと先走りが止まらない。

歩樹もベッドに上がる。大人になりかけの脚をやさしく開かせた。

(ううっ、ぐっしょりだ)

わずかな性毛に飾られた桃色の幼裂は、きらきらと光って、上等な革みたいな匂いを放っていた。

ちらりとはみ出した薄肉のフリルにキスをしようと、歩樹は顔を寄せる。

「あん……だめです。外で……汗をかいちゃいましたから。それよりも……」

奈緒実は膝を立てて大きく開くと、自分の指を逆さのV字にして恥裂を割った。

(くううっ、自分からオマ×コをくぱあっと割ってみせてくれるなんて)

ぱっくり割れたクレバスの中央に、極小のピンク穴が咲いている。

前戯すら必要ないのだと、細腰を揺すって挿入をねだる。

「ずっと我慢していたんです。指じゃ細いんです」

(なんてエッチな告白なんだ)

処女を失ってからの数日のあいだ、大股開きで自分の指をつぽつぽと挿れては、物足りなさに悶えていたのだろう。

ためらう理由などない。

歩樹は奈緒実にのしかかると、反り返って暴れる牡槍を指で操り、濡れ洞窟のとば口に当てた。

「はんっ、熱いぃ」

姫口に亀頭が触れるだけでも感じているようだ。

つぷ、ちゅっ。

奈緒実がせつなげにもじもじと腰を揺らすから、自然に男女の結合が深くなる。亀頭の裾がつるんっと柔肉に呑みこまれた。

(くうっ、二度目なのに、こんなにスムーズに挿れられちゃうなんてっ)

一突きめの新鮮な膣肉の感触に、じいんと下腹が温まる。

「あ……あん、やっぱり……お兄さんが入ってくるの、気持ちいいっ」

にちゅっ。

未熟な姫口に、ずぶずぶと反り肉が吸いこまれていく。

「く……はあぁっ、スーパーエッチなオマ×コに食べられてるっ」

「はぁんっ、お兄さんのおチ×ポ、おいしいですぅ……っ」

口をとがらせ、キスをせがんでくる。

濡れた唇を吸うと舌が伸びてきて、ちろちろと歩樹の前歯を擦る。

「く……ああっ、奈緒実ちゃん、口もチ×ポも気持ちいいよっ、あああ……」

膣口からはぬらついた花蜜、唇からは甘い唾液を運ばれて、歩樹の身体が奈緒実の色に染まっていく。

歩樹の脳が桃色に煮えて、腰ふりが獣の交尾みたいに激しくなる。

「ひんっ、ごりごりされてます。はおおっ、お腹の奥で、おチ×ポが暴れてるぅ」

はひっ、はふっと激しい吐息が互いの喉を行き来する。

大人の牡と、幼い牝の性器が溶けてひとつになる。

正常位だからこそ、少女の上下の口を愛でられる。

「ああっ、おチ×ポ挿れられると幸せですぅ。お兄さんのとろとろ、欲しいっ」

かくかくと腰を振り、六年生には似合わない半球の乳房を揺らして奈緒実が悶える。

(名門小学校のお嬢様が、射精してほしいっておねだりするなんて)

無垢だった少女が、目をとろんとさせ、突かれるたびに鳴いてくれる。

「くう……奥がきゅんきゅん締まってる。僕も幸せだっ」

膣奥のバキュームが強くなり、亀頭と膣壁が密着する。

少女の洞窟は牡肉が動けないほどに窮屈だ。それでも抽送を休めない。

「あっ、あ……なんか、変。お腹が熱くて……なんか、くるぅ」

クリトリスオナニーや、歩樹からのクンニとは違う、荒々しい牡肉の抽送で得られる快感は唇を震わせ、涎を垂らすほど強烈なのだ。

「あううっ、わかるね。これがイクってことなんだ。奈緒実ちゃんがイキそうになってるんだよっ」

二人の結合部がぶつかるたびに、パン、パンッと少女の尻が鳴る。

「はひ、はひいっ、あーん、イッちゃう。私、イッちゃうんですね……っ」

奈緒実は生まれてはじめて味わう、膣内の悦に戸惑いつつも、脚を大きく開いて歩樹を受け入れる。

「く……ひっ、すごい。熱い。イカせて。お兄さんにイカされるぅ……はあああっ」

「くうううっ、奈緒実ちゃんが……イッてるっ」

ぷちゅ、ちゅぴっ。

かわいらしい音といっしょに、純潔を失ったばかりの幼裂から大人の淫水が飛び散り、シングルベッドのシーツを濡らした。

「ああ……うれしいっ、僕も……イクよっ」

少女の絶頂を見守って、歩樹は下半身の緊張を解く。

びゅっ、びゅるうぅっ。

たまりにたまった欲情のエッセンスが、肉茎の芯を熱くすり抜けていく。

「は……ああう、お兄さんの……精液が出てるの、わかりますぅ」

若い濃液が、少女の未発達な子宮口を直撃する。

「おおうっ、奈緒実ちゃんの中を……いっぱいにしてあげるよ」

とろとろの体液をやりとりしながら、二人はベッドの上で抱き合った。

静かになった室内に、ぱたぱたとスキップみたいにアパートの階段をのぼってくる音が聞こえた。大人よりもずっと軽い足音だ。

歩樹は思わず時計を見る。

「マズい。もう麻莉ちゃんが帰る時間だった」

「ええっ」

奈緒実は慌ててベッドから立ちあがる。

「私が行きます。お兄さんはおやつを用意してください」

聡明な少女は機転を利かせて、床に落ちていたタンクトップを拾った。

2

「おかえり。麻莉ちゃんと行き違いになっちゃった」

「びっくりした。奈緒実がウチにいるなんて思わなかったもん」

玄関から少女たちの声が聞こえる。

二人が玄関ではしゃいで時間を稼いでいるうちに歩樹は服を着て、奈緒実に言われたとおりにお菓子を用意した。

姪の留守を知らずにやってきた親友をもてなしていた体だ。

二人が最後まで関係していたと、麻莉に悟られてはマズい。

「おかえり」

二人が部屋に入ってきた。歩樹は素知らぬ顔で出迎える。

「うふ。二人でなにを話してたの？」

体操クラブから帰ってきた麻莉は家を出たときとは服が違う。

ローマ字でクラブの名前がプリントされた、大きめのウインドブレーカーの裾を、太ももの半ばまで引っ張っている。引き締まった脚はむき出しだ。まるで競技会の控室にいるみたいに、場違いな格好だった。

姪はベッドにぼすんと座り、若叔父と親友に明るく笑いかける。

(あれっ、普段よりも女の子の匂いが強い……)

いつも体操の練習のあとはシャワーを浴び、しっかりドライヤーで髪を整えて帰ってくるのに、今日は髪が乱れていて、顔がやけに赤い。

甘酸っぱい少女の新陳代謝の匂いが、クラブのウインドブレーカーから、淡いピンクの湯気みたいに漂ってくる。

「私はさっき着いたばかりだもの。麻莉ちゃんが早く帰ってこないかなって」

スツールに座った奈緒実は落ち着いた様子で言うが、デニムのショートパンツから出した脚をもじもじさせている。膣絶頂の余韻で違和感があるのだろう。

「麻莉のお気に入りのシュークリームだけど、奈緒実ちゃんに出しておいたよ。今度、補充するから」

丸テーブルのわきに立ち、紅茶のカップを置いた歩樹も平静を装う。

奈緒実が早めに帰れば、秘密の行為は封印だ。

「あのさ、二人とも……」

麻莉から笑顔が消えていた。

「あたしに……バレてないと思ってる？」

歩樹と奈緒実は、呼吸さえ忘れて身体を凍らせる。

魔法の国の王女にかけられた呪文だ。

「あの……聞いて、麻莉ちゃん」

数十秒の静けさのあと、先に罪悪感に耐えきれなくなったのは奈緒実だ。

嘘のつけないお嬢様に、演技など無理だったのだ。

「あたし、わかってたよ。だって……」

麻莉はベッドを降りると、スツールに座った奈緒実の前でしゃがむ。

床にぺたんと座って、デニムのショートパンツを穿いた親友の脚をぐっと開いた。

「あん、やだぁっ」

優等生は冒険していた。ショートパンツの中は無防備だ。

「悪い子なんだから。パンツ、忘れちゃったの？」

麻莉がショートパンツの、数センチの股布をわきに寄せる。

ピンク色に染まった幼裂があらわになった。

「は……ああんっ、いやらしいところ……出ちゃうぅ」

「濡れすぎ……きらきら光ってる。スーパーエッチだね」

ショートパンツを穿かせたまま、股布のわきから指をさしこんで、親友の柔襞を指先で撫でる。

つい先ほど、生ペニスを挿入されて絶頂したばかりの膣肉は敏感だ。奈緒実は過度の性感で苦しそうに喉をひっと鳴らす。

「はん……あうう……お兄さん……ああっ」

丸椅子の上でショートパンツの中を探られた少女は、歩樹に救いを求める。

「悪かった。その……怒るなら奈緒実ちゃんじゃなく、僕を……」

「もちろん、アユ兄も共犯だよ……あたしの隣に立って」

負い目のある若叔父は、姪に命じられるままに、左わきに立つ。

「アユ兄のこれは……あたしのものなの」

麻莉に股間を左手でむぎゅっと握られた。

「あううっ」

スウェット越しに少女の手で急所を乱暴につかまれて、歩樹は腰をくねらせる。

「あたしの専用なのに……奈緒実とシちゃったの？　悪いおチ×チン……」

「く……ううっ、麻莉ちゃんっ」

射精から間もない男根はすっかりやわらかくなっていた。

「あたしにナイショで奈緒実ちゃんとくちゅくちゅしたおチ×チンには、直接おしおきしてあげるね」

奈緒実の性器をいじりながら、片手で歩樹のスウェットを引き下ろす。

「う……くうっ」

脱力した肉茎がだらんと情けない姿で垂れる。

興奮とともに力強く勃起しているときは誇らしく少女に示せるのに、休めの姿勢でいる性器を見られるのは恥ずかしい。

「だらんとしてる。奈緒実がオナニーさせた、体操クラブの男子といっしょだね」

のぞきがバレて、麻莉と奈緒実に自慰を命じられた男子中学生も、こんなふうに緊張で勃起すらままならなかったのだろうか。

「うふ。ひんやりしてる」

肉茎をさすった指は竿根を軽くしごき、尿道に残っていた白濁液を搾る。

「う……くうぅ」

左手の人さし指で冷えた精液をすくうと、麻莉はためらいもなく指を舐めた。

「エッチな味。アユ兄だけじゃなく……奈緒実の中の味もする」

濡れた舌に白濁を乗せて歩樹に見せつけた。

麻莉は奈緒実に向き直り、右手の中指を親友のショートパンツの股間に沈ませる。

「んっ、やだっ、麻莉ちゃんの指……細くて、いやらしいところまで届くぅ」

にちゅっ、つちゅっ。

蜜混ぜの音が漏れる。たっぷりと放った精液と、少女の薄濁りの絶頂蜜がシェイクされている。

「うふ……あったかい」

麻莉が引き抜いた中指は、膣内で混ぜられた男女の濃厚カクテルがねっとりとまつわりついていた。

麻莉は立ちあがり、汚れた指を奈緒実の頬になすりつける。

「ああん、やだあっ」

自分の膣内のねっとり汁を頬に塗られ、逃げようとする親友の正面に突きつける。

「あたしにヒミツで、アユ兄と気持ちいいことしたくせに。ほら、舐めて」

「うう……ごめんなさい。でも……ああっ、無理ぃ」

奈緒実のわななく唇に、汚れた指が強引にさしこまれる。

「んくっ、ぷふぅぅ、はううっ」

にちゃっ、くちゅっ。

眉根を寄せる親友の口を、姪の指が前後して犯す。

「スーパーエッチなだけじゃなくて、奈緒実はいんらんだね」

（くうっ、まるでイラマチオみたいだっ）

小学生女子の指フェラ遊戯を鑑賞して、歩樹の肉茎が充実していく。

「ふふ。アユ兄は女の子同士のエッチを見学するの、大好きなんでしょ」

びきり、びきりと勃起が進むばかり。男性器は正直だ。

淫液を少女に飲ませると、麻莉は再び指を抜く。

たっぷりと唾液がまぶされた中指を奈緒実のショートパンツの股間に突き入れる。

「あぅ……あぅ、そこ、違うぅ」

お嬢様は唇を歪め、涙目になって身悶えする。

「うふ。奈緒実のウ×チの穴……ひんやりしてる」

（ううっ、麻莉ちゃんが同級生の肛門に指を挿れてるっ）

「ひぃん、あうあぁん」

首をがくがくと振って奈緒実が白目を剝く。

排泄器官の中をまさぐられるなど、小学生のお嬢様には想像もできなかったろう。

麻莉がくにくにと指を回転させて、腸壁を指で削り、親友に悲鳴をあげさせる。

ずぷっ。

奈緒実の肛門から引き抜いた中指はねっとりと光っていた。

「あたしに黙ってアユ兄とエッチしたんだから……これは罰なの」

勝ち誇ったように立てた中指が、奈緒実の顔に迫る。

(まさか……まさかっ)

歩樹は目の前で続く倒錯的な女子同士の責めにまばたきも忘れる。

「い、いやあああっ」

排泄器官の中で汚れた指をやわらかな頬になすりつけられ、奈緒実は絶叫する。

麻莉の瞳が光り、唇が半開きになった。プリンセスがいたずらを思いついたのだ。

「指を舐めてくれたら、アユ兄とのことは忘れてあげる」

お姫様を裏切った召使が、主人の温情にああっとうれし泣きする。

「は……ああん。指……きれいにします」

奈緒実が震えていた唇を無理に開く。

唾液で濡れる舌に、麻莉が中指を乗せた。

「ん……ぅ。苦いよぉ」

それでも奈緒実は懸命に、じゅぷっ、じゅぷっと肛門を貫いた指を舐めるのだ。

「くうぅ、たまらないっ」

異常な行為に、歩樹の肉茎は限界まで膨張している。

「アユ兄が興奮するもの、もっと見せてあげる」

麻莉が太ももまで隠したウインドブレーカーを脱いだ。

むわっ。

隠されていた麻莉の濃密な汗と肌の匂いがひろがる。

「うわ、すごいっ」

歩樹は思わず感嘆の声をあげた。

ぺらぺらのナイロン生地の上着で隠されていたのは、はじめて目にする体操競技のレオタード姿だったのだ。

銀色に近いグレーのハイレグ生地に、胸から腰、そして半分ほどがむき出しになった少女尻にかけて、ピンクの花を散らしたプリントになっている。花畑を一陣の風が吹き抜けたようなデザインだ。

「うちのクラブがジュニア大会に出るユニフォームなんだよ。予定より早く届いたから、アユ兄に最初に見せたかったのに……」

姪は丸椅子に座って、はあ、はあと荒い息をしている親友をちらりと睨《ね》めつける。

「罰として、今日は思いっきり……あたしをスーパエッチにしてもらうね」

小学生とは思えない、大人びた笑みを唇の端にたたえて膝立ちになる。

レオタードのまるい襟ぐりから、頼りないほど細い鎖骨がのぞく。

「ああ……麻莉ちゃん、すごく似合うよ。見せてくれてありがとう」

歩樹は姪の身体のラインを強調したレオタード姿に目を奪われる。

（でも……やっぱり、あの中を見たいっ）

ぴっちりした伸縮性のある生地に閉じこめられた、半熟ボディが男を誘っている。

「練習で着たけど、シャワーは浴びてないから……」

レオタードから伸びたしなやかで細い手脚から、半乾きの接着剤にも似た甘酸っぱいエステル香が漂う。牡を誘引するロリータフェロモンだ。

この天使と歩樹は、あと三日しかいっしょにいられないのだ。

大人ぶっている余裕などない。

「くうぅ、もう……すぐにもエッチしたいっ」

「ふふ。アユ兄の素直なとこ……好きだよ」

麻莉がベッドのヘッドボードに手を伸ばす。

きらきら輝くティアラを、トロフィーみたいに掲げた。

召使や騎士、奴隷を支配するお姫様の象徴だ。

「でも……やっぱり裸がいいよね。みんなで……脱いで、遊ぶの」

お姫様が率先してレオタードの肩紐を抜き、胸の部分をぺろんと裏返した。

ふくらみかけの半熟乳房と小粒な桃色乳首が並んでいた。

「う……くううっ」

頭がくらくらする。手のひらサイズの薄皿おっぱいを見たからではない。

体操で汗びっしょりになってから、レオタードの中で凝縮された、小六少女の濃厚な匂いのせいだ。

鼻腔をレモンイエローに満たした、野生の木イチゴみたいな酸っぱい媚香が男を狂わせる。

「くうっ、もう……見てるだけでイキそうだよっ」

歩樹は半脱ぎのスウェットもTシャツも脱いで、全裸になる。

「麻莉ちゃん……麻莉っ、ああ……麻莉っ」

歩樹は牡の大刀をふるい、レオタードを腰から落とそうとする姪に襲いかかった。

3

二頭のまだ青く幼い牝の匂いがワンルームに満ちている。

「く……おおおっ」

唯一の男である歩樹にとっては、まるで桃色の天国だ。脳が溶けそうなほどの快感で、目の前の景色が歪む。

熱帯雨林の湿度と、バラ園の濃密な匂いがミックスになって、発情期の女の、脱ぎたての下着の山に頭を突っこんでいるみたいだ。

シングルベッドに、三人の裸体がからんでいる。

にちゃ……ぬちゃっ。

汗まみれの肌が重なり、花蜜と先走りが糸を引く。

「はひん……あううっ、気持ちいいっ」

中心になっているのは麻莉だ。ベッドに横臥して脚を開いている。

スリムな裸体の脚の半ばに、くしゃくしゃになったシルバーのレオタードがからみついている。

局部と乳首を透けさせないための、肌色サポーター生地には、ねっとりとした少女の運動汗が染みこんで、むわっと強い匂いを放っている。

「はああっ、奈緒実の舌……動きすぎ……んくく、息ができないよぉ」

長い黒髪には、お気に入りのティアラが飾られている。

シルバーの台座に埋めこまれた人工宝石がきらきら輝く。

この王冠を載せているあいだ、麻莉は二人の奴隷の支配者になるはずだった。

けれど今の姿は、お姫様とはほど遠い。

「お願い。もう……許してぇ」

「んふ……だって、あたしをスーパーエッチにして、って命令したのは麻莉ちゃんだよ。ほら、オマ×コがねとねとで喜んでる」

くちゅ、ちゅぷぅ。

姪の股間に向かって這った奈緒実がうれしそうに舌を使う。

奈緒実の舌は一点だけを攻めているのではない。

「か……ひいいっ、奈緒実のベロ、エッチすぎるぅ」

幼い印象の顔を無毛の恥丘に埋め、鼻先で小粒な真珠をからかいながら舌で姫口の濃縮花蜜を舐め溶かす。

「んく……麻莉ちゃんが感じるとこ。もっと奥にもあるよね……んぷふぅ」

横向きに寝て、体操みたいに片脚を上げた麻莉の幼裂を奈緒実の舌が探検する。

「あううっ、だめっ、それだめっ、汚れてるから……ひいいいっ」

「くふ。奈緒実ちゃんのウ×チの穴……かわいい」

ストレートな卑語を漏らしながら、巨乳少女が舌で窄まりをほぐしている。

ぺちゃ。ぴちゅう……じゅるっ。

唾液で排泄穴がふやけそうな舌奉仕だ。

（なんてエロい音なんだっ）

音だけを聞いている歩樹の肉砲が、鋼の硬さで仰角になる。

「んお……アユ兄の、また大きくなって……んはっ」

勃起の尖端は、姫の唇に触れている。

「うう……あたし、お姫様なのにぃ……っ」

先走りでとろとろに濡れた唇で悔しそうに歩樹をにらむ。

「スーパーエッチなお姫様になりたいんだろう？　自分から言ったんだから」

腰をくいっと突き出すと、ティアラをはめた小さな頭がのけぞる。

逃げ惑う舌を、とろとろの亀頭で追いつめる。

「んふ……くうぅ、太いよぉ」

若叔父の極太を咥えさせられた口から透明な涎がたらたらと落ちていく。

じゅぽっ、じゅっぷぅ。

(たまらない。麻莉ちゃんの、いじめられて感じちゃう顔が最高だ)

歩樹と奈緒実が、内緒で秘密の関係を結んでいたと知った姪は、罰として自分への奉仕を命じた。

麻莉自身はきっと、セックスに慣れた叔父と、好奇心いっぱいの親友からの一方的な奉仕を望んでいたのだろう。

けれど歩樹と奈緒実は、麻莉が秘めているマゾヒスティックな性癖をとっくに見抜いていた。

「ああん……麻莉ちゃんのお口とオマ×コ、同じかたちになってる」

にちっ、にちゅっ。

奈緒実は飽きもせずに肛門を舐めつづけながら、指を使って麻莉の陰核や膣口を刺激する。

「いやらしい顔……おチ×ポが大好きなのね」

「くうぅ……スーパーエッチな奈緒実のくせに……あたしのこと、からかうなんて」

鼻の下を伸ばし、唇を裏返したフェラチオ顔を見られるのは、お姫様にとって屈辱なのだ。

「ほら……もっとエッチにしてあげるよっ」

「んくうぅっ」

歩樹は細身のあごをつかむと、ぐいと肉槍をねじこんだ。

くぽっ、くぽっ。

腰を振って十二歳のデリケートな口腔を犯す。

協力して、麻莉に最高のマゾ快感を与えるのが下僕たる歩樹と奈緒実の役目だ。

「お……ほおぅ、苦いよぉ……許してえ……」

大量の先走りと、麻莉が帰宅する寸前まで貫いていた奈緒実の愛液、そして子宮口に向かってしぶかせた精液が混ざって、麻莉の唾液で溶かされる。

濃厚な生セックスの残滓を、清らかな美少女の舌根で洗ってやる。

「お姫様をエッチに調教してあげるんだ。言ってごらん、チ×ポがおいしいって」

ずうんと喉を突く。ひくつく舌が肉茎のくびれをたたいて反抗する。

「おああん……息、できない。いやぁっ、アユ兄のおチ×チン……嫌いぃ」

ティアラを揺らして涙目になるお姫様の耳が真っ赤だ。

「強情なお姫様ですね。おチ×ポがおいしいって言わないなら……もっとエッチに拷問……しちゃいます」

同性クンニリングスに興じていた奈緒実が、姫君の膣道を穿っていた中指を引き抜いた。とろとろの蜜をまぶした指を、麻莉の小ぶりなヒップの谷間にまわす。

つぷうっ。

すみれ色の秘密の窄まりを、同性の指で貫かれた麻莉が絶叫する。

「あひいいんっ、お尻ぃっ」

「おううっ、チ×ポが痺れるっ」

フェラチオしたままの悲鳴で、亀頭が高周波のソプラノに刺激された。

「奈緒実ちゃんにお尻をいじられて、お姫様がうれしそうだよ」

「んはあっ、だめえ……お尻ぐりぐり、怖いよぉ」

怖いと言いながらも、麻莉の口中を満たした唾液はますます濃くなって肉茎を洗い、舌は亀頭にからみつく。

(麻莉ちゃんはお尻をいじられるの、かなり好きみたいだな)

肛門を、つぷ、つぷとほじられるたびに涙を浮かべるくせに、もっと深く、肉茎をしゃぶろうと頭を動かしてくるのだ。

小学生だから自然なままの太い眉をひそめ、二重でくりっとした目を潤ませ、小さな鼻を震わせながら、血管を浮かせた剛肉を、ちゅっぽ、ちゅぽと健気に咥える。

（こんなエッチなお姫様……世界に一人だけだよっ）

二週間、夢のような同居生活だった。

天使みたいな姪のはじめてのキスも、セックスも、そしてフェラチオも、すべて相手は自分なのだ。

イチゴみたいに甘い口に、こりこりの秘密の少女穴に、何度射精しただろう。

麻莉だけではない。

歩樹のワンルームに現れたもうひとりの幼い天使も、お姫様の裸体に夢中だ。

「あーん、麻莉ちゃんのウ×チの穴……私の指がはじめてだって、びくびくしてる」

嬉々として親友の肛肉に指を挿入する奈緒実の顔は紅潮し、小学生離れした半球おっぱいの頂点ではピンクの小粒がきりきりととがっている。発情しているのだ。

「うふ。お尻をいじられてるのに、オマ×コがぐっしょぐしょ」

巨乳少女は麻莉より早く大人の繊毛を生やした陰裂から、狭いベッドから落とした脚をひろげる。

麻莉より早く大人の繊毛を生やした陰裂から、とろりと白濁が伝い落ちる。歩樹が膣奥で発射した牡液が、花蜜と混じって少女の太ももを汚す。

「おチ×ポのこと、まだ嫌いなのかしら。嘘をつくと、指が増えちゃうよ」

姪の肛門に挿入された奈緒実の中指に、細い人さし指が加勢する。

「んあ……あああああっ、ひろがるぅ、だめえええええ」

目を大きく開いたお姫様が、一度ペニスを吐き出し、すぐにしゃぶり直す。くっぽ、くぽっと頰をへこませて肉茎を吸う。

「ん……んんっ、アユ兄のおチ×チン……おいしいっ。奈緒実のオマ×コの味もたっぷりで……ああ、あたし、好き。アユ兄のおチ×チンが大好きなのっ」

小学生の細い指とはいえ、二本でくちくちと肛肉をまさぐられて、くぷっ、くっぷと腸内から不穏な水音を漏らしながら麻莉が悶える。

「うう……奈緒実に負けたくないの。ほんとは……アユ兄を独り占めしたいのっ」

泣きながらアヌスをほじくりまわされる生意気少女の汗がつうんと香る。

「うふ……ちゃんと言えたね。麻莉ちゃんのお尻の中、もっと……エッチにするね」

奈緒実が身体を起こし、麻莉を四つん這いにさせる。

(奈緒実ちゃん、なにをするつもりなんだ)

歩樹はまばたきも忘れて淫らな少女たちの行為を脳に焼きつける。

「んふ……」

奈緒実の口が開き、伸ばした舌を泡立った唾液が伝う。

指二本でひろげられた暗い肛肉の空間に、奈緒実の舌がめりこんだ。

「んく……麻莉ちゃんのお尻の味……」

小学生女子が、姪の肛肉に舌を挿入し、唾液をたらたらと流しこんでいる。

「くはああっ、なんてエロいんだっ」

フェラチオを受けながらも少女たちの遊戯を傍観する歩樹はうめく。

「んく、はあうっ、あああ……」

親友に温かな唾液を腸内に落とされて、麻莉が勃起肉にキスしたまま悶える。

「準備できたね……」

ちゅぷっと麻莉の暗穴から舌を引っ張り出して、奈緒実がうれしそうに微笑む。

「あーん、なんなの、準備って……怖いよぉ」

「私からできる、麻莉ちゃんとお兄さんへのお礼なの」

親友の肛門を舐め味わっていた舌をちろりと出して、にっこりと笑う。

「麻莉ちゃんのお口も、オマ×コも……お兄さんのものになったでしょう。だったら……麻莉ちゃんのお尻も、お兄さんの思い出を欲しがってると思うんです」

「えっ……ええっ」

歩樹は言葉を失った。

「そんなの……無理だよ。大人ならともかく、麻莉ちゃんは……」

子供だから、と言いかけたところで麻莉がキッと唇を噛んだ。

「あたし……大丈夫。アユ兄にならなにをされても好きだもん」

親友にほぐされた尻穴をひくつかせている。

「あと三日しか残ってないんでしょう？　麻莉ちゃんが大好きなおチ×ポで、思い出をあげてください」

奈緒実はうつ伏せで崩れた麻莉の身体を持ちあげると、その下に潜りこんだ。

少女同士のシックスナインのかたちだ。

「挿れてあげてください。麻莉ちゃんの穴……全部、お兄さんのものにしてあげて」

下になった奈緒実が麻莉の脚をひろげた。濡れ光る幼裂の奥から、歩樹を見あげた。

「はあぁん、恥ずかしいよぉ」

指と舌でほぐされたロリータ肛門が、ぱっくりとひろがって歩樹を誘う。

（いいのか。お尻に挿れても……でも、僕だってはじめてだ。どうしたらいいんだ）

くぱ、くぱぁんと腸内の空気をかわいらしく吐き出す姪の幼肛は、排泄器官とは信じられないほど美しい。

（こんなかわいい穴に……僕のチ×ポを挿れてもいいのか……そもそも入るのか？）

禁断の三つ目の穴。神秘的な窄まりは今や弛緩して、ぬちぬちと桃色の粘膜をさらして、歩樹を誘っていた。

4

「ああ……ん、お尻の中が、スースーするうっ」

ティアラを戴いたお姫様が、くねくねと腰を上下させる。

「お兄さんに挿れてもらえるの、うらやましいかも……」

女子同士で互いの脚のあいだに顔を埋め、下から麻莉を支える奈緒実は、歩樹と麻莉のはじめての肛門性交をかぶりつきから鑑賞しようと待ち構えている。

「女の子の三つの穴、全部に好きな人のおチ×ポを挿れてもらえるなんて……」

姫口からこぼれる花蜜を顔で受け止める奈緒実は、本気で嫉妬しているようだ。

「アユ兄……きて」

四つん這いになった麻莉が振り返る。

ティアラで髪をまとめているから額が広く見える。

涼やかな目もとに、ぷりっとふくらんだアヒル口。あどけない小学生の笑顔で、尻の谷間をまる出しにして誘う。

奈緒実が指二本でひろげた十二歳の姪の肛門は、皺を引き伸ばされて弛緩していた。火山の噴火口を思わせるカルデラ肛門の奥はどこまでも深く、暗い。

「うう……麻莉ちゃんの……お尻の穴っ」

お尻の谷間の上流にある小さな窄まりが、麻莉の性感帯なのは気づいていた。けれど、勃起した成人の肉茎を挿れようとは思わなかった。

秘窟がひくついて待っている。

（チ×ポが爆発しそうだ。なんてエッチな穴なんだ）

繊細な粘膜壁は、他人の目に触れるはずがない内緒の桃色だ。

姪の全身がうっすらと汗の膜で輝いている。レンゲのハチミツみたいに甘い香りがワンルームの密室を満たす。

きりりとしたお姫様の小さな頭に、小皿みたいな乳房、手のひらに収まりそうなお尻に健康的な太もも、そしてまるっこい膝と細いふくらはぎ。成長期らしくまだ華奢な足首と常にしっとりと湿っている足の裏。五本の指の爪は、カーネーションの花びらみたいに小さい。

（口にも、オマ×コにも……これから、お尻も……僕がはじめての相手になるんだ）

大理石の彫像みたいにつるつるの、愛おしい姪の裸体にあって、幼裂だけが複雑に襞が重なっている。子供のくせに、生意気なエッチ汁をにじませている。

「麻莉ちゃん……いくよ」

子犬みたいに無防備な少女のうしろに膝立ちになると、いきり立った穂先を未踏の洞窟の入口に当てた。

「うう……んっ」

尖端が触れただけなのに、麻莉は背中をびくんと震わせた。

「怖かったら……やめてもいいんだよ」

桜の蕾みたいに繊細だった窄まりは、奈緒実が舌と指で咲かせてくれた。ピンクの粘膜をさらしている。

「ううん。ちょっと……気持ちよくってびくってしちゃった」

首を横に振ってから、顔を真下にある奈緒実の股間に埋める。

「はああ……」

姫君の吐息を陰核で受け止めて、同じ歳の召使がうっとりと目を潤ませる様子が幼裂越しに見えた。

穂先をゆっくりと肛肉のリングに沈めていく。

「んく……はあぁ……」

麻莉が息を吐くのに合わせて、こりこりした筋肉の輪がゆるむ。

「お兄さんのおチ×ポが、入ってく……」

禁断の結合を数センチ下で見守る奈緒実がつぶやく。

ずに……ずりゅっ。

一ミリずつ亀頭が沈むにしたがって、かたくなだった秘穴が歩樹を受け入れていく。

「うう……くうっ、麻莉ちゃんのお尻……なんて気持ちいいんだ」

亀頭の半ばまでを埋めた。肛肉がくにくにと亀頭を揉むのは、はじめての感覚だ。

「アユ兄の……ああん、前……オマ×コ、に入ってくるときより、かたちがよくわかるよぉ……」

一方通行のリングを逆なでされる違和感に麻莉が肉づきの薄い肩を揺らす。

「じゃあ……寂しそうなところに、私がおやつをあげるね」

奈緒実の声が歩樹の陰嚢に響く。吐息が皺袋を温める。

ちゅ……にちっ。

奈緒実の指が、花蜜まみれの膣口に吸いこまれる。

「ひゃんっ」

子犬みたいに麻莉が鳴いた。

姫口に奈緒実の指を挿れられて、肛門の収縮が弱まる。

「おううっ、入るっ」

ず……るぅっ。

亀頭の裾が少女の粘膜リングを越えた。

「はひいいっ、お尻……熱いぃ」

はじめてのアナル挿入に、麻莉が頭を持ちあげて叫ぶ。

麻莉が肉茎を熱く感じるのと同じで、歩樹は腸内の粘膜を冷たく感じた。

(ひんやりして、入口がキュウっと狭いのに、奥がやわらかくて……)

冷たいローションを吸った絹で亀頭を包まれるような快感だ。

「あ……ううっ、チ×ポが引っ張られるみたいだ……ううっ、気持ちいいよっ」

くすぐったさを悦で包んだ、はじめての感覚が下半身にひろがっていく。

「あひん、入ってくる。お腹の中にアユ兄が……いるみたい」

にちっ。ぷひゅ。

肉幹のすき間から、奈緒実が舌で運んだ唾液といっしょに、少女の腸につまっていた可憐な空気が泡になって漏れる。

「ああん……恥ずかしいよぉ」

麻莉が、ぱん、ぱんと手のひらでベッドをたたく。

「ああん、もっと恥ずかしがって。オマ×コの奥がにっちゃにちゃになってる……」

奈緒実の中指が、膣道をかきまわす。

「うう……僕と麻莉ちゃんがお尻で繋がってる……」

姪の肛門を犯すという二重の禁忌が、強烈な快感を生む。

生殖のための穴ではないから、男根を受け入れてもやわらかくはならない。抽送するよりも、ただ嵌入しているだけで肉リングがきゅっ、きゅっと肉茎を締めて蠕動するから、なにもしていないのに快感だけが大きくなっていく。

動いているのは腸粘膜だけではなかった。

「く……うう、オマ×コの中で、奈緒実ちゃんの指が動いてるっ」

「ああ……私もわかります。お兄さんのおチ×ポがぴくぴくしています」

膣と直腸を隔てる粘膜の壁は一センチほどだろうか。奈緒実の指はくんっと曲がって膣襞を擦ると、歩樹の裏スジに刺激が伝わってくるのだ。

あまりの快感に腰を引く。

亀頭の裾が窄まりの裏を内側から押した。

「は……あぁんっ」

麻莉が甘い声を漏らした。肛門挿入をしてから、はじめて聞く喘ぎだった。

膣道のように肉茎で突くのではなく、リングを裏から圧迫されると感じるようだ。

もう一度、兜の縁を肛肉の裏に当てて、くりっ、くりっとまわしてやる。

「んひぃいいっ、やああ……エッチになるぅ」

「もっとエッチにしてあげる。奈緒実ちゃんよりも……スーパーエッチな女の子に」

にゅぽっ。

ゆっくりと亀頭を引き抜く。

「はあ……っ」

牡槍を失った肛門は、すぐには閉じない。ゆっくりと窄まりが戻ってくるのを見届けて、再び突く。

つぷうっ。

弛緩した肉リングは、初挿入よりはるかに簡単に咲く。

「にはあっ」

子犬の鳴き声が、子猫の甘え声に変わった。

人間の身体が本能的に持っている排泄の解放感を連続して与えてやれば、少女の脳は混乱し、快感ばかりが増してくるのだ。

「あん……もっと入りやすくなるように、お手伝いしますね」

お姫様の膣道を愛撫していた奈緒実が、真下から肉茎に舌を伸ばす。肛門から抜いたばかりの、湯気の立ちそうな肉竿に、たっぷりと唾液を追加する。

「ああっ、奈緒実ちゃん……そこまでするのかっ」

スーパーエッチな巨乳小学生の、性への好奇心は無限だ。

「あーんっ、お尻がむずむずするぅ」

奈緒実の唾液が助けになり、抽送がスムーズだ。

「はあうっ、奈緒実にペロペロされたおチ×チン……簡単に入っちゃぅ」

「ほら、もっと素直に感じるんだっ」

きゅぽんっと音を立てて亀頭を抜くと、麻莉がかくかくと腰を振った。

「二人のお尻エッチ、すごくドキドキします。次は先っぽもヌルヌルに……」にちゃぁっ。

親友の排泄器官を貫いていた牡肉の尖端まで丹念にしゃぶる。

「くうぅ、いいっ、あああ……奈緒実ちゃんの舌が……っ」

じゅぷ、じゅぽっ。

温かな少女の唾液で亀頭がぬらぬらと光る。

「ああん、アユ兄……もっと、もっとお尻……してえっ」

ついに麻莉が自分からアナル挿入を求めてきた。

「はああ……お尻で気持ちよくなっちゃう。へんたいになっちゃった……」

放っておかれた麻莉の肛門がきゅぷぅっと内側から開いた。南国の花みたいに鮮やかな桃色の粘膜が挿入を誘う。

「いいよっ、みんなで……三人でスーパーエッチになろうっ」

奈緒実が懸命に唾液で濡らしてくれた穂先をずぼりと窄まりに沈める。

「いい……いいのっ、お尻……びくびくするぅ」

粘膜の輪に亀頭をなじませるように二、三度突くと、またも引き抜く。

「あーんっ、麻莉ちゃん……ウ×チの穴で感じてるの……うらやましいっ」

膣道を指で探っていた奈緒実は、唇をとがらせると、目の前で揺れていた歩樹の陰囊をペロペロと舐めはじめた。

「くおおっ、チ×ポが溶けそうだ……おおっ、麻莉のお尻に……出そうだっ」

激しいストロークなしでも、肉茎を咀嚼《そしゃく》するようにじわじわと動く肛肉の反応で、きゅぷっ。

歩樹も絶頂寸前だ。

唾液で濡れた肉リングは、もう第二の性器に変わっている。

「はひいっ、気持ちいいよぉ……ああん、お尻、好き……いんらんになるぅ」

自分の身体の反応が信じられないという様子で麻莉はティアラを戴いた頭を振る。

「もう一度……それっ」

肛肉に亀頭を当てて、ぐいっと押しこむ。

「は……あおおおんっ、いい……いいの、お尻でイッちゃうっ。あたし……お尻でイク、悪い子になるぅ……っ」

麻莉がのけぞって、唇の端からたらたらと涎を落とす。下敷きになった奈緒実の太ももは、麻莉の漏らした唾液でぐっしょり濡れていた。

「くう……麻莉ちゃんっ、いっしょにイクんだ。お尻にたっぷり……出すよっ」

歩樹は絶頂宣言と同時に腸壁をぐんと突いた。

どくっ、どぷり。

窄まりの収縮をものともせず、熱い吐出が秘洞を染めていく。

「おおう、あああ、オマ×コよりも気持ちいいっ」

精液を腸壁で受け止めた麻莉が、あひっ、あひぃと叫んで全身を震わせる。

「はんあああ……熱い。ひゃん、ああ……だめ。あたしも……お尻でイクぅぅ」

ちゅぷうっ。

肛肉がぷわりとひろがって、射精したての亀頭をぷりっと押し出す。

（ああ……僕のチ×ポが、麻莉の中から出てきて……）

まるで歩樹自身が崇拝する姫君の中から排泄されたかのような、倒錯的な快感に頭の中が沸騰する。

きゅぷぅ、ぷひゅうっ。

世界一かわいらしい窄まりが、素敵なコーラスといっしょに、濃厚な白濁液をとろりと漏らした。

「あ……ああん、熱い……はひぃいん……」

二人の絶頂の証を、奈緒実は避けることもなく顔面に受け止める。

「く……ああん、全部の穴で、アユ兄をもらっちゃった……」

びくっ、びくんと身体を震わせながら、幼いお姫様はうれしそうに鳴いた。

エピローグ

インターホンが鳴った。

一人暮らしに戻ってもうすぐ一週間になる。

麻莉を預かっていた期間は、怪しい訪問者に女子小学生が目をつけられないようにとドアスコープで確認していたのだが、もうその必要はない。

貧乏な男子大学生のアパートは無防備そのものだ。

「はあい」

寝間着がわりのTシャツと、よれよれのハーフパンツという姿でドアを開けた。

視線の先には誰もいなかった。

胸のあたりに温かさを感じて、歩樹は視線を下げた。

「やだ、アユ兄……だらしない」

ふふっという、懐かしい笑いが歩樹の心を騒がせる。

「あたしがいないと、ヒゲも剃らないの？」

夏も真っ盛りだ。水色のフリルつきタンクトップから伸びた腕は日焼けしている。

「ああ……麻莉ちゃん」

ワンルームから外へ、濁った空気が流れ出ていく。

同居生活が終わってから、麻莉との禁断の関係は夢だったと思うようにしていた。姪との甘い日々を反芻《はんすう》してばかりでは、一人きりの生活リズムを取り戻せそうになかったからだ。

「ママからのお土産だよ」

大きな紙袋を歩樹に差し出した。

「重かった。お菓子とお財布とネクタイだって」

海外の高級ブランドのロゴが入った紙袋を受け取ると、土産で隠れていた、ミニスカートと太ももがあらわになった。腕といっしょで、全体的に日焼けしている。

「なんだか……背が伸びた気がする」

「一週間で、そんなに変わらないよ」

くすくす笑う姪の唇を見ているだけで、歩樹は泣いてしまいそうだ。

麻莉はサンダルを脱ぐと、勝手知ったる若叔父の部屋に上がりこむ。

「あん、もう。流しが片づいてない」

同居生活が終わってから、自炊や掃除もやる気が起きないのだ。

ベッドのヘッドボードに、麻莉のティアラが置いてある。

「あれ……戸棚にしまっておいたのに」

「あっ、いや、その……つい」

どぎまぎする歩樹を、ティアラの人工宝石よりも輝く瞳が見あげる。

「あたしがいなくなって、寂しかった？」

「うう……それは」

認めれば大人のくせに弱虫だと思われそうだ。けれど否定すれば、麻莉に嫌われてしまうのではないか。

もう歩樹はすっかりお姫様の下僕に戻っていた。

「あのね、今日は帰るけど……週末はアユ兄の家に泊まっていいって言われたよ」

「なんだよ。姉さんも、メールくらいしてくれればいいのに」

口では不平を言いながらも、歩樹の心は躍る。

「じゃあ……週末は二人きりになれるのか」

ハーフパンツの中で、肉茎がメーターの針みたいにぴくんっと動いた。

「うーん。二人きりは無理かな」

「そうか……」

（姉さんと二人で来るのか。まあ仕方ない）

緊急の出張で仕方なく弟に娘を預けたとはいえ、来年は中学生の娘を、大学生の一人暮らしの家にしょっちゅう泊まらせるわけにはいかないのだろう。

「だって……奈緒実もいっしょに来たいっていうから」

麻莉はえへへ、と意味ありげに笑った。

「だから……お姫様が二人に増えちゃうんだよ」

ハーフパンツの中を透視するみたいにぺろりと唇を舐める。

「たいへんだね。アユ兄」

ワンルームの中に、桃色の湿気が漂いはじめた。

◉新人作品**大募集**◉

マドンナメイト編集部では、意欲あふれる新人作品を常時募集しております。採用された作品は、本人通知のうえ当文庫より出版されることになります。

【応募要項】未発表作品に限る。四〇〇字詰原稿用紙換算で三〇〇枚以上四〇〇枚以内。必ず梗概をお書き添えのうえ、名前・住所・電話番号を明記してお送り下さい。なお、採否にかかわらず原稿は返却いたしません。また、電話でのお問い合せはご遠慮下さい。

【送付先】〒一〇一-八四〇五 東京都千代田区神田三崎町二-一八-一一 マドンナ社編集部 新人作品募集係

なまいきプリンセス《なまいきぷりんせす》 姪っ子とのトキメキ同居生活《めいっことのときめきどうきょせいかつ》

二〇二一年八月十日 初版発行

著者◉綿引 海【わたびき・うみ】

発行◉マドンナ社
発売◉二見書房
東京都千代田区神田三崎町二-一八-一一
電話 〇三-三五一五-二三一一(代表)
郵便振替 〇〇一七〇-四-二六三九

印刷◉株式会社堀内印刷所 製本◉株式会社村上製本所 落丁・乱丁本はお取替えいたします。定価は、カバーに表示してあります。
ISBN978-4-576-21107-7◉Printed in Japan◉©U.watabiki 2021